花あかりともして

服部千春
紅木 春・絵

もくじ

1　わたしの名前は「花」

おばあちゃんが、またわたしのことをよんでいる。

「花あっ！　花あっ！」

もうっ。ほんと、そんなに気やすくよばないでほしいと思う。

「はぁーい！」

算数の宿題《しゅくだい》プリントの上に鉛筆《えんぴつ》をおいて、わたしはしかたなく立ちあがった。

二階《かい》にある部屋《へや》を出て、スリッパをはいた足で、バタバタと音をたてて階段《かいだん》をおりていく。

「おばあちゃん、なーに？」

おばあちゃんは、玄関《げんかん》のドアをあけて、なにやら荷物《にもつ》をはこびこもうとしているようすだ。

ズズッ、ズズッ……。

ドアの外から、なにか重《おも》そうなものをひきずる音がする。

わたしより先に、サンダルをはいて外へ見に出ていった母が、「あらぁ！」と声をあげる。

「お、おかあさん。そんなもの、どうするおつもりですか？」

「う……ん。家の中にはこぶおつもりですよ。う、う、ん。よいしょ……。」

「お、おかあさん……。」

母は、絶句《ぜっく》のようだ。

反対に、楽しそうな笑顔《えがお》のおばあちゃんが、ドアのむこうから顔をのぞかせた。

「花、リビングの床《ゆか》に、新聞《しんぶん》をしいてちょうだい！」

新聞？

わたしは、おばあちゃんにいわれるままに、ソファーの上にたたんであった夕刊《ゆうかん》を、そのまま床の上においた。

「花、新聞はひろげて。ほら、早苗《さなえ》さん。見てるんやったら、そっち半分を持《も》ってんか。

……ええか？　はい、よいしょ！」

母とおばあちゃんが、ふたりがかりで持《も》ちあげて、よっこらよっこらとリビングへはこんできたもの。それは、花が植《う》わっている大きな植木鉢《うえきばち》だった。

「おばあちゃん、これ、なに？」

花の植木鉢を新聞紙《しんぶんし》の上において、おばあちゃんは、ふうふうとかたで息《いき》をしている。

「ふうっ、これ？　見たらわかるやろ？　ふうっ、白花ユウガオや。」

そう。ユウガオの鉢植えなのは、見ればわかる。まるい支柱《しちゅう》に、のびたツルをからませ、アサガオよりも少し大きな白い花を咲《さ》かせた……、どこから見てもそれはユウガオだ。

でも、わたしがきいているのは、そんなことじゃない。

「なんで、ユウガオの鉢を家の中にはこばないといけないの？」

おばあちゃんは、やっと息をおちつけてからいう。

「……あのなぁ、ユウガオかて、やっと自分の花を咲かせたんや。かたい種《たね》から芽《め》を出して、ツルをのばして、葉《は》っぱをしげらせて、こうしてやっと花を咲かせたんや。それやのに、ユウガオの花は、暗くなってからやないと、花をひらかせへん。せっかく花が咲いたのに、家のもんは、みんな家の中にいて見てくれへん。そんなん、かわいそうやと思わへんか？」

「えっ？　だから、みんなに見せるために、ここへはこんできたの？」

「そうや。せっかく咲いたのに、だあれにも見てもらわれへんやなんて、花がかわいそうや……。」

「それにしても……。」

家の中まではこんでこなくてもいいんじゃない？　といおうとしたけど、だまってくびを横《よこ》にふって目くばせする母にとめられた。

「おかあさん。ユウガオの花って、きれいなんですね。」

そうおばあちゃんにいいながら母は、床《ゆか》に少しおちた土を、ぬれティッシュでそっとふいていた。

母が小さなため息をついたのが、わたしにはきこえた。

（ユウガオ、咲いてたんだ。しらなかった……。）

さっき、ほの暗い軒下《のきした》でそっとひらいたのだろう、ユウガオの白い花。思いがけずに明るいリビングの光にさらされて、はずかしくてしぼんでしまうのじゃないだろうか。

「たしかに、ユウガオ、きれいだね。でも、よくこれをひきずってこれたもんだ。おばあちゃんって、ほんとに力持ちだね。」

「ふふふ。わたしは、若《わか》いときのきたえ方がちがうからね。」

満足《まんぞく》そうに、おばあちゃんはうなずいた。

「花は、ほんまにえらいなぁ……。」

「え、わたし？」

「あ、あんたとちがう。ほんまの花のこと。花は、だれが見ていようが見ていまいが、こうやってちゃあんと自分の花を咲《さ》かせるんやから。」

「自分の花？」

「そうや。そばにどんな花があっても、バラになりたいとか、ボタンになりたいとか思わずに、ユウガオはユウガオ、ユリはユリ。自分の花を咲かせるやろ？」

「ふーん。」

なるほどね、と思うけれど、もしユウガオがバラに化けたりしたらぶきみだと、笑《わら》ってしまった。

「ただいま」の声がして、父がリビングのドアをあけた。

「おかえり。久和《ひさかず》、ちょっと見とぉみ。ほれ、白花ユウガオが咲いたん。」

うれしそうな笑顔《えがお》で、おばあちゃんは、ユウガオの植木鉢《うえきばち》を指《ゆび》さす。

「おっ。ユウガオ、今年《ことし》も咲《さ》いたか。今年はみんなに見てもらおうと思って、家の中まで歩いてきたのか？」

そんな冗談《じょうだん》をいう、父の顔は赤い。きっとお酒《さけ》をのんで帰ってきたのにきまっている。

これが、わたしのうち、草野家《くさのけ》の家族《かぞく》だ。

父と母とわたし。そして、父の母である、おばあちゃん。おじいちゃんは、わたしが幼稚園《ようちえん》のときに病気《びょうき》で亡《な》くなった。

今年、御年《おんとし》八十三歳《さい》のおばあちゃんは、わたしのような小学生の孫《まご》がいる人としては、年齢《ねんれい》が大きいほうだと思う。

だって、学校の友だちの中には、ひいおばあちゃんが、うちのおばあちゃんとおなじくらいの人もいるのだもの。

おばあちゃんは、ずっと長く家族のためにはたらいて、結婚《けっこん》するのがおそかったらしい。

それに、ここ、関東圏《かんとうけん》に住んでいながら、なんでおばあちゃんだけ関西言葉なのか。しらない人からすれば、不思議《ふしぎ》なことかもしれない。

おばあちゃんは、京都府のやや北部にある田舎町《いなかまち》の出身だ。たまたましりあったおじいちゃんが関東出身で、その仕事の転勤《てんきん》にともないひっこしてきて、そのままここでくらしているそうだ。

そして、その長男の子どもが、わたし。

まずは、わたしの名前。名前は、草野花《くさのはな》。

「なにそれ？　なんか原っぱの花みたいな名前だけど、冗談？」

なんて、いいたい人にはいわせておけばいい、そう思う。わたしだって、好きでこの名前になったわけじゃないもの。

人の名前って、不思議？　というより、理不尽《りふじん》なものだと思う。だって、人はだれだって、自分の名前をえらべない。

生まれついたときには、もうすでにまわりの人たちによって、名前をきめられているのがあたりまえなのだもの。一生つきあっていく、自分の名前なのにね。

わたしの名前の「花」、考えたのはおばあちゃんだそうだ。おばあちゃんは、無類《むるい》の花好き。わたしは、そう思う。

孫のわたしでやっと女の子が生まれたと、おばあちゃんは大よろこびしたのだそう。

女の子なら、名前は「花」。それ以外《いがい》には思いもつかない。おばあちゃんは、そう強く主張《しゅちょう》した。

そして、その名前があんがい気にいった両親《りょうしん》も同意《どうい》したらしい。

「お花はん。」

わたしが友だちからそんなふうによばれるなんて、思いもしないでね……。


キーンコーン、カーンコーン……。

五時間目のはじまりのチャイムが鳴りはじめる。外のろうかで友だちとおしゃべりをしていたわたしは、教室へもどろうとした。

「お花はーん！」

ろうかを走ってきた茜《あかね》が、わたしに手をふる。

「先生が、お花はんのことをさがしてたよ。」

「先生が？　なんの用？」

「さあ？　なんの用かはわかんない。いまさっき職員室《しょくいんしつ》のまえで会ったら、『花は、どこだ？』っていわれただけ。」

「ふーん。なんだろうね。」

うちのクラス担任《たんにん》の斎藤《さいとう》先生は、じつはわたしのあだ名の「お花はん」の生みの親だ。
五年生でクラスがえがあってはじめての顔あわせ。クラスのみんなの名前を点呼《てんこ》した
とき、先生はわたしにいったのだ。
「草野花さん。いい名前だね。お花はんだ。」
なんでも、先生がずっと小さな子どもだったころ、〈おはなはん〉というタイトルの
連続《れんぞく》ドラマがあったのだとか。すごく明るくて、いつでも笑顔《えがお》のヒロインの物語で、人
気があったらしい。
それから、いつのまにか、わたしはクラスでお花はんとよばれるようになってしまっ
た。
「お花はん」……。ちょっとダサいと思うんだけれど、みんながそうとしかよんでくれ
なくなって、しかたなくそのよび名に甘んじているわたしなのだ。
その「お花はん」のきっかけをつくった先生が、ろうかのむこうからやってきた。
「おーい、花。」
(「お花はん」の責任《せきにん》を感《かん》じてか、先生だけはちゃんと「花」ってよんでくれるんだけ
どね。)

「先生、なんですか？」

先生は、呼吸《こきゅう》をととのえるかのように、大きく息《いき》をすってからいった。

「昼休みに、おかあさんから学校へ電話があった。なんでも、おばあさんがきゅうに市民病院《しみんびょういん》へ入院することになって、いまはおかあさんがつきそっていらっしゃるから、花に『今日《きょう》は学校がおわったら、市民病院へ来るようにつたえてほしい』とのことだった。」

思いがけないことに、わたしは「えっ？」とつぶやいた。

「おばあちゃん、入院？　病気なんですか？」

先生は、「さあ。」とくびを少しかしげた。

「くわしいことは、よくわからない。でも、おかあさんは『心配《しんぱい》しなくていい。』とおっしゃっていた。花が家に帰っても、だれもいないし、だから、ということらしい。」

「はい……。」

うなずいたけれど、わたしだってよくわからない。

年はとっているけれど、おばあちゃんはいつも元気だ。このあいだだって、重《おも》たい植《う》木鉢《きばち》をひとりでひきずってきたくらいだもの……。

あっ、もしかして、そのときに腰《こし》をいためたとか、そういうことかもしれない。

考えているわたしの顔を、先生がのぞきこんできた。

「どうする、花？　今日はちょうど四時間だけの日だし、いそいで帰るか？」

わたしは小さくうなずいた。

それでも、おわりの会のあいだは教室にいて、おわりの会がおわったと同時に、教室をとびだしたわたしだった。


市民病院だったら、場所はよくしっている。学校から家までの帰り道のとちゅうだ。

わたしは、〈市民病院前〉というバス停《てい》の標識《ひょうしき》を見ながら、小走りで病院の門を入った。

背中《せなか》でゆれるランドセルが、カタコトと音をたてる。

（おばあちゃん、どうしたんだろう……？）

おばあちゃんが入院なんて、わたしが生まれてはじめてのことだ。

カゼさえめったとひかない、おばあちゃんなのだ。熱《ねつ》を出したりして寝《ね》こんだことなんて……、わたしがおぼえているかぎり、ない。

考えると、だんだんと不安《ふあん》になってきた。

（おばあちゃん……。）

市民病院《しみんびょういん》の広々したロビーに入り、あたりを見まわす。

病院に来たはいいけれど、おばあちゃんがどこにいて、わたしはどこへ行けばいいのか、かんじんなことはなにもきいていなかった。

ベンチがたくさんならんだその右手に、〈総合受付《そうごううけつけ》〉というプレートがついているカウンターがあった。中ではたらいている女の人に声をかけた。

「すみません。あの、草野静江《しずえ》……うちのおばあちゃんなんですけれど、どこにいるか、わかりますか？」

女の人は、見ていた書類《しょるい》から顔をあげた。

「ご家族が入院されているの？」

「はい、たぶん。今日《きょう》、入院したばかりなんですけれど。」

女の人は、「ちょっと待《ま》ってくださいね。」といいながら、パソコンで調《しら》べて、わたしに病室の番号を書いた紙をくれた。

「はい、どうぞ。この病室は、Ｂ病棟《びょうとう》の三階《かい》です。そこの内科《ないか》の奥《おく》にあるエレベーターにのって、三階でおりると、案内板《あんないばん》があるから、矢印《やじるし》にそって行くと、わかりますからね。」

「はい。ありがとうございました。」

女の人にきいたとおりにエレベーターにのったけれど、大きな病院ってまるで迷路《めいろ》だ。とちゅうで歩いている看護師《かんごし》さんにおしえてもらって、わたしはやっと病室にたどりついた。

入口の横《よこ》にかかっている〈三〇六〉の札《ふだ》を確認《かくにん》した。

「ふうーっ。」

大きく息《いき》をはいて、ひき戸になっている入口をノックした。

コン、コン。

へんじはきこえなかったけれど、そっとひき戸に手をかけた。ひき戸は思いがけないかるさで、すうっと横にひらく。

病室には、ベッドが四台あって、そのどれもが、クリーム色のカーテンでおおわれている。

「こんにちは……。」

おそるおそる声をかけてみた。

右奥《みぎおく》の窓《まど》ぎわのベッドのカーテンが、半分ひらいた。

「花？」

中から顔をのぞかせたのは、わたしの母だった。

近づいていって、わたしもカーテンの中をのぞく。

「おかあさん。先生からきいて、びっくりしたよぅ。おばあちゃん、どうしたの？」

母は、「しーっ。」と、口のまえに人さし指《ゆび》をたてる。

「おばあちゃん、いまはねむっていらっしゃるから、しずかにね。ほかのごめいわくにもなるからね。」

わたしは、かたをすくめて、おばあちゃんに目をやった。

ベッドに横《よこ》たわっているおばあちゃんは、白いカバーのかかった布団《ふとん》を胸《むね》までかけて、目をとじていた。

ベッドわきのスタンドには、ポトンポトンと透明《とうめい》の液体《えきたい》がおちている、点滴《てんてき》のビニールぶくろがかかっている。

母は、すわっていた丸《まる》いすから立ちあがると、声をおとしたささやき声で、わたしにいった。

「おばあちゃん、なんだか今日《きょう》は、朝からずっと、体がだるくてつらくてたまらない、とおっしゃってね。食欲《しょくよく》もないし、お熱《ねつ》もあるようだったから、『病院《びょういん》へ行ってみましょう。』といって、ここにおつれしたのよ。」

「そしたら、入院って？」

小さくうなずいた、母。その顔がなんだか青白い。よく見ると、ほとんどお化粧《けしょう》をしていない。そのせいかもしれないと思った。

「おばあちゃん、だいじょうぶなの？」

青白い顔の母とは対照的《たいしょうてき》に、ねむっているおばあちゃんの顔色は黄色味《きいろみ》が強く、むしろ、からし色っぽくも見えた。とじたカーテンのクリーム色が、反映《はんえい》しているのかもしれない。

かるいノック音のあと、すうっと入口のひき戸がひらいて、看護師《かんごし》さんが入ってきた。

「すみません。草野さん、ちょっといいですか？」

声をかけられて、母は看護師さんといっしょに病室から出ていく。

「花はここで、おばあちゃんといてくれる？」

「うん。わかった。」

わたしは、ランドセルをおろして、ベッドわきの丸《まる》いすに腰《こし》をおろした。かけ布団《ぶとん》から出ていた、おばあちゃんの右手をにぎってみた。おばあちゃんの手は、わたしの手よりも熱《あつ》かった。

おばあちゃんは、まわりをあんまり気にしないで、いつもマイペースにわが道を行く。そんなおばあちゃんを、ときにはやっかいだなと思うこともある。

ふだんはあまりにも元気なので、心配《しんぱい》なんてしたこともない。でも、こうやってなにか病気《びょうき》らしいところを見てしまうと、きゅうに気になってきた。

(おばあちゃん、熱《ねつ》、あるの?)

上体をおばあちゃんにおおいかぶさるようにして、おでことおでこをくっつけてみた。じんわりとおばあちゃんの熱がつたわってくる。それでも、おばあちゃんはねむったままだ。

(おばあちゃん、ちょっと熱いね。)

わたしは、おばあちゃんの右手をにぎったまま、おばあちゃんのかけ布団に頭をのせて、目をとじた……。

2　わたしが静江《しずえ》？

「静江《しずえ》。静江？」

目のまえに立つ男の人が、わたしを見て声をかけてくる。

（静江？　静江って……？）

わたしの名前は、花。もちろん静江じゃない。

あっ、そうだ。静江は、おばあちゃんの名前だ。

わたしは、うしろをふりかえった。もしかしたら、わたしのうしろにおばあちゃんがいて、男の人は、そのおばあちゃんをよんでいるのではないかと思ったのだ。

（あっ！　ああっ！）

ふりかえったとたん、おどろいて、あぜんとなった。

わたしのうしろにはだれもいない。ただ……古い家があった。テレビとか、昔《むかし》の写真《しゃしん》でしか見たことがない、かやぶき屋根《やね》の農家《のうか》？

いったい、どうなってるんだろう？

ここは、どこ？

わたしは、なんでここにいるんだろう？

まったく、わけがわからない……。

頭の中が「？」でいっぱいになっているわたしを、男の人がぽかんとした顔で見ていた。

「静江、どうかしたんか？」

男の人は、関西言葉《かんさいことば》できいてくる。

「あの、わたしが、静江なんですか？」

「なんや、静江。おかしな冗談《じょうだん》いうてからに。はっはっは……。」

男の人は、日焼《ひや》けした顔を上にむけて、大口をあけて笑《わら》った。

麦わら帽子《ぼうし》をかぶり、農作業《のうさぎょう》でよごれたらしい白いシャツを着《き》て、灰色《はいいろ》の長ズボンをはいている。足もとには、スニーカーとか長ぐつとかでなく、指先《ゆびさき》が親指だけわかれた……？

（そうだ。地下足袋《じかたび》っていうんだった……。）

思い出せたことにうなずいたら、今度《こんど》はわたしの服装《ふくそう》が目に入った。

わたしが身《み》につけているのは、半袖《はんそで》の白いブラウスに、紺地《こんじ》に黒いチェックのような柄《がら》のズボン？　いや、これって、たぶんモンペ？　昔《むかし》のドラマかなにかで見たことがあるもの。

だんだんと、わかってきた。

ここは、昔のおばあちゃんの家だ。ずっとまえに、法事《ほうじ》でおばあちゃんの田舎《いなか》へつれていってもらったとき、古いアルバムを見せてもらったことがあった。

そこに、かやぶき屋根《やね》の農家《のうか》の写真《しゃしん》があった。カラーでなく、白黒の写真だったけれど、いま目のまえにある家と形がおなじだった。

（そうか。これって、きっと、夢《ゆめ》だね。）

夢の中で、そう自分で納得《なっとく》していることがおかしい。

わたしは、男の人といっしょに、畑《はたけ》の中にいた。男の人は、もいだキュウリをわたしにわたす。緑《みどり》の濃《こ》いキュウリは、ごつごつした表面《ひょうめん》で、少しとげとげした感《かん》じが手にいたい。

「静江《しずえ》。ほれ、これも。」

またキュウリを手わたす男の人は、わたしをやっぱり静江《しずえ》とよぶ。

(夢《ゆめ》の中で、わたしは、おばあちゃんになっているってわけ？)

そうしたら、目のまえにいる男の人は、おばあちゃんのおとうさんで、わたしのひいおじいちゃんということになる。

土塀《どべい》にかこまれた敷地《しきち》の中には、かやぶき屋根《やね》の農家《のうか》と野菜畑《やさいばたけ》がある。庭《にわ》と畑とのあいだをなにかのツルをはわせた竹製《たけせい》の生《い》け垣《がき》で仕切っている。背後《はいご》には小高い裏山《うらやま》があって、外には青々とした田んぼがひろがっていた。

こんな見たこともない田舎《いなか》の景色《けしき》を夢に見ることができるなんて、すごい。だって、いま見ている田んぼがある場所《ばしょ》は、現在《げんざい》では駐車場《ちゅうしゃじょう》になってマンションが建《た》ってたはずだもの。

わたしって、あんがいと想像力《そうぞうりょく》があるのかもしれない。

なんだかへんな夢だけれど、自分で自分に感心《かんしん》してしまった。

でも、これっていったい何年くらいまえの時代設定《せってい》なんだろう？

身《み》につけているのはモンペ。髪型《かみがた》はふたつに結《ゆ》わえたおさげ髪《がみ》。わたしは昔《むかし》のおばあちゃんになっているらしいけれど、手にはしわひとつない。ふだんのわたしの手と、ほとんどかわらない若《わか》い手だ。

ということは、えーと……。もしかりに、この静江おばあちゃんが、いまのわたしと
おなじ年だとすると……、七十年!?

そのあまりの年月の長さに、ひえーっ、とさけびそうになった。

思わずつっ立ったままでいると、表《おもて》の道をなにかが近づいてくる音がした。

ガシャン、ガシャン、ガシャン……。

顔をあげたおとうさん(おばあちゃんのおとうさんだと思える人)が、声をはりあげた。

「下條《しもじょう》さんのおくさん。こんにちは。」

自転車《じてんしゃ》にのっていたひっつめ髪のおばさんが、こちらに顔をむけた。

キキーッ!

おばさんがブレーキをにぎり、自転車はするどい音をたててとまった。

「おくさん。自転車やなんて、めずらしい。どこへお出かけですか?」

おとうさんに声をかけられて、おばさんは少しこまり顔を見せた。

わたしは、おばさんが着《き》ている浴衣《ゆかた》の上だけを切ったようなブラウスがめずらしくて、
ついしげしげと見てしまった。

おばさんも、声をはりあげておとうさんにこたえる。

「ちょっと、病院《びょういん》までぇ。」

「病院？　けど、今日《きょう》は日曜日やし、どこもお休みですやろ？」

「それがなあ、おとうさんが赤痢《せきり》になってしもて、日赤《にっせき》病院へ入院しはってん。そやし、これから世話《せわ》しにいくとこなんやわ。はあ。」

おばさんは、ため息《いき》まじりだ。

「赤痢てかいな。そら、えらいことやなあ。」

そういいながらおとうさんは、くびにかけていた手ぬぐいで、ひたいの汗《あせ》をふいた。

（赤痢？　赤痢って、なんだろう？　入院っていってるから、病気のことなのかな……？）

なにもわからないわたしは、ぽかんとそんなことを思っていた。

金ばさみをにぎったおとうさんは、野菜畑《やさいばたけ》のわきに咲《さ》いていた花を数本切った。

「こんな花やけど、おみまいに持《も》っていってんか？」

おとうさんがさしだした白いユリの花を、おばさんは大事《だいじ》そうにおしいただいた。

「ええ香《かお》りやなぁ。おおきに。ほんま、ありがとうねぇ。きょうびのこのご時世《じせい》では花なんて貴重品《きちょうひん》やさかいね。いままで花畑やったとこも、南瓜《かぼちゃ》やらお芋《いも》さんばっかしになってしもて……。」

「いやいや。花くらいでそんなにいうてもろて……。それより、日赤病院まで行こうと思たらたいへんや。日のくれんうちに気ぃつけてなぁ。」

「はあ。おおきに、中村さん。」

おばさんは、おとうさんに「中村さん」といった。おばあちゃんは、結婚《けっこん》して「草野」になるまえの名字が「中村」だったのだ。

「しーちゃんは、畑のてつだいか？　えらいなあ。小夜《さよ》は家におるし、また来てやって。」

おばさんは、今度《こんど》はわたしを見て「しーちゃん」とよんだ。

（しーちゃん？　あ、静江《しずえ》だから、しーちゃん？）

おばあちゃんは、子どものとき、きっと「しーちゃん」とよばれていたんだ。

「あ、はい。」

わたしは、とりあえず、おばさんにへんじをしておいた。

「ほな、いってきます。おおきに、おおきに。」

おばさんは、おとうさんに何度もへこへこと頭をさげて、自転車《じてんしゃ》のペダルに足をかけた。

ガシャン、ガシャン、ガシャン……。

何度《なんど》かペダルをふみこんでからおばさんは、「よいしょ。」と、自転車《じてんしゃ》にとびのるようにまたがっていってしまった。

おばさんの自転車は、黒くて鉄《てつ》のかたまりみたいで、レトロな感《かん》じ。サドルなんて、茶色《ちゃいろ》い本革《ほんがわ》でできているように見えた。

（すごーい。夢《ゆめ》の中なのにね。）

わたしは、目のまえのものすべてがめずらしい。

おばさんの自転車が走ったあとに砂《すな》ぼこりがまいあがった。この時代には、道路は土のままで舗装《ほそう》がしてないみたいだ。

それに、このおとうさんやおばさんが話しているのは、関西言葉《かんさいことば》だ。やっぱりここは、わたしのおばあちゃんの田舎《いなか》なんだと思った。

わたしは、目のまえにいるおとうさんに声をかけてみた。

「あ、あの、おとうさん（こうよべばいいよね）？」

「なんや？」

「あの、赤痢《せきり》って、なんですか？」

おとうさんは、わたしにきょとんとした顔をむけてきた。

「なんや、静江《しずえ》は。あらたまってなにをきいてくるかと思たら、赤痢か。まえに山下の和夫《かずお》さんがそれで入院《にゅういん》しはったことがあったのに、わすれてしもたんか？」

「わすれてしもた」もなにも、わたしは、山下の和夫さんがだれかもわからない。

だまっていたら、おとうさんがおしえてくれた。

「赤痢いうたらな、きついきつい下痢する病気《びょうき》や。なんかのばい菌《きん》でうつるみたいやから、赤痢患者《かんじゃ》の出た家は、気いつけて家中消毒《しょうどく》もせなあかんらしい。このご時世《じせい》やから、なんでも食べてたら、そら、こういうこともあるわなあ。うちも、気いつけんとなぁ……。」

そういいながらおとうさんの手は、今度はキュウリ畑《ばたけ》のとなりに実《みの》ったナスにのびる。たわわに実ったまるいナスビは、ピカピカと光っている。きれいで、まるで畑の中にともった紫《むらさき》の電球《でんきゅう》みたいに見えた。

「ほんま、このご時世やさかい……。」

おとうさんは、ひとりごとのようにまたくりかえしてつぶやいた……。

「……花？　花？」

（え、今度《こんど》は「花」？　わたし、花でいいの？）

そんなことを思いながら、顔をあげた。

「あれ？　病院《びょういん》だ……。」

病室のベッド。横《よこ》たわっているのは……おばあちゃん。

少しほほえむおばあちゃんが、わたしを見つめていた。

「おばあちゃん、目がさめたの？」

「花こそ。学校からそのまま病院へ来たんか？　わるかったなあ。つかれて、寝《ね》てしもてたんやな。」

そうか。わたしは、おばあちゃんのベッドにもたれかかって寝ていたらしい。目をあけたおばあちゃんが、わたしを起《お》こしてくれたのだ。

「おばあちゃん。入院なんて、どうしたの？」

おばあちゃんは、「どうもしてへん。」と、くびを横にふった。

「なに、たいしたことはあらへんのやけど、早苗《さなえ》さんにいうたら、えらい心配《しんぱい》して、病院へつれてきてくれはった。なんかしらんけど、ちょっと検査《けんさ》が必要《ひつよう》みたいで、ここへとじこめられてしもたわ……。」

おばあちゃんはそういったのだけれど、わたしは、おばあちゃんの顔を見ると心配になってきた。

さっきは、クリーム色のカーテンの反射《はんしゃ》かと思っていたけれど、おばあちゃんの顔色はあきらかにいつもとちがっていた。

肌の色が黄色っぽく見えるし、目の白目の部分《ぶぶん》も黄色がかっている。

（おばあちゃん、どうしたんだろう……。）

むりに元気ぶっていそうなおばあちゃんに、それはいえなかった。それで、

「おばあちゃん。わたし、かわった夢《ゆめ》を見たよ。」

わたしは、さっきまで見ていた、不思議《ふしぎ》な夢の話をした。

「わたしね、夢の中で、おばあちゃんになっていたの。」

わたしがおばあちゃんを手でさすと、おばあちゃんは、目をまるくした。

「え？　花がわたしに？　そら、きゅうにこんな年寄《としよ》りにならせてしもて、えらいすまんこって。」

おばあちゃんは、そうひょうきんにいって笑《わら》ってみせた。

「ちがうの。夢《ゆめ》の中では、いまのわたしとおなじくらいの年の女の子だったの。田舎《いなか》の家のまえで、おとうさんといっしょに、畑《はたけ》で野菜《やさい》をとっていたの。」

するとおばあちゃんは、「へえっ？」とおどろいた。

「おばあちゃん。下條《しもじょう》さんのおくさんって、いた？　小夜《さよ》さんとか、山下の和夫《かずお》さんって、しってる？」

「ええっ⁉　そら、わたしはしってるけど……。下條小夜ちゃんいうたら、おさななじみやし……。けど、なんで？　花はそんな人らはしらんやろ？」

「それが、下條さんのおくさんっていう人が、夢の中で自転車《じてんしゃ》にのって、日赤病院《にっせきびょういん》っていうところへ行くっていってたの。そしたらおとうさんが、山下の和夫さんって人も、赤痢で入院したことがあるっていって……。」

「なんで、花が……？」

おばあちゃんは、ただただおどろいて、目を見ひらいている。

「あ、ごめんね、おばあちゃん。しんどいだろうときに、へんな話をしてしまって……。」

おばあちゃんは、「ううん。」とくびを横にふった。

「話くらい、だいじょうぶや。けど……。」

おばあちゃんは、じっと考える。

「むかし、そんなこともあったかもしれん。けど、それやったら戦争中《せんそうちゅう》のことや。不思議《ふしぎ》やなあ。花にはそんな話をしたおぼえはないんやけど……。」

そういって、おばあちゃんは、どこか遠いところを見ている目になった。

「おばあちゃん？　それって、戦争中のことなの？」

「ああ。戦争っていうたかて、第二次世界大戦《だいにじせかいたいせん》のことやで。最近《さいきん》の外国の戦争のこととちがうんよ。」

それくらいは、わたしにもわかる。いまから七十年くらいまえ、日本は戦争をしていた。それはちゃんと学校でも習《なら》った。

「おとうさんがいはったんやったら、まだ戦争に行かはるまえのことやなぁ。」

「あれ。ひいおじいちゃんって、戦争に行ったんだっけ？　なんか、病気で亡《な》くなったたっていう話じゃなかったっけ？」

そういえば、ひいおじいちゃんは、兵隊《へいたい》さんになったんだっていう話は、いつかおばあちゃんからきいた気がする。

「そうや、召集《しょうしゅう》されて戦争《せんそう》に行って……。けど、なんで花にそんな夢《ゆめ》が見られるんやろか。不思議《ふしぎ》なことやなぁ。」

おばあちゃんは、また「不思議」をくりかえしていった。

おばあちゃんのいうとおり、不思議といえば、ほんとうに不思議なことだ。わたしが夢の中でおばあちゃんになって、おばあちゃんしかしらないはずのことを体験《たいけん》したなんて……。

なんでだろう？

おばあちゃんの記憶《きおく》が、わたしにうつった？

もしかして、テレパシー？

わたしの中に、なにかすごい超能力《ちょうのうりょく》がねむっていたとか……？

まさかね。きっとなにかの偶然《ぐうぜん》でしょ。

くびをすくめてひとりで笑《わら》ったとき、病室《びょうしつ》のドアがひらいた。病室からはなれていた、母がもどってきたのだった。

母はひとりではなく、父もいっしょだった。

「あれ？　久和《ひさかず》まで。どうしたんや？」

父に気づいたおばあちゃんは、ベッドから体を起《お》こそうとする。

「起きなくていいから。」と、父がおばあちゃんを制《せい》する。そして、ふうっ、と息《いき》をすって、父は明るくいった。

「『どうしたんや?』はこっちのセリフ。入院《にゅういん》したってきいて、あわてて会社を早引けさせてもらったんだ。まぁ、たいしたことはなさそうだけど、さっき病院の先生にきいたら、ちょっと手術《しゅじゅつ》が必要《ひつよう》なんだって。」

「手術?」

おばあちゃんは、いかにもいやそうにまゆをひそめた。わたしも、「手術」ときいて心配《しんぱい》になった。

「あのな、かあさん。体の中には胆管《たんかん》っていうものがあるだろ?」

「胆管?」

「肝臓《かんぞう》でつくった胆汁《たんじゅう》は、胆嚢《たんのう》っていう器官《きかん》で濃縮《のうしゅく》されて、胆管を通して十二指腸《しちょう》へはこばれているらしい。その胆管だ。かあさんの場合《ばあい》は、その胆管の中にばい菌《きん》が入ってはれているから、胆汁がながれにくくなったらしい。それが、体の不調《ふちょう》の原因《げんいん》なんだってさ。」

「はあ……。」

父に説明《せつめい》されても、おばあちゃんはけげんそうな表情《ひょうじょう》のままだ。

わたしだって、父の話はチンプンカンプン。だいいち、人間の体の中に胆管《たんかん》というものがあることすら、しらなかった。

「それで、胆管をきれいにして通りをよくする手術《しゅじゅつ》が必要《ひつよう》なんだって。ラッキーなことに、ちょうど明後日《あさって》、手術室の予定《よてい》に空《あ》きがあって、すぐに手術してもらえることになったからな。」

父はそうかるくいったけれど、おばあちゃんは「ええっ⁉」とおどろく。

「そんな、きゅうなこと。まだ、心の準備《じゅんび》ができてへんやないの。」

「準備もなにも、そんなにたいした手術でもなさそうだし、だいじょうぶだよ。かあさんは、手術台にあがればいいだけなんだから。」

「そんな、人を『まな板《いた》の上の鯉《こい》』みたいにいうてからに。」

「ははは……、手術台がまな板か。そりゃあ、でかい鯉だな。ははは……。」

父は、笑《わら》い声《ごえ》をあげる。なんだか、それがわざと明るくしているみたいに感《かん》じられる。きっと、おばあちゃんにあまり心配《しんぱい》をさせたくないからだろう。

母も先生の話をいっしょにきいてきたのだろう。なにもいわずに、父の言葉《ことば》をきいていた。

少し考えたあと、おばあちゃんは、「よっしゃ。」とつぶやいた。

「このわたしが、そんな小さな手術くらいで、びくびくしてたらあかんわな。ほな、ありがたく手術してもらいまひょ。あんたらにも、いろいろと世話《せわ》をかけるけど、かんにんね。」

おばあちゃんのその決心《けっしん》をきいて、母は、泣《な》きそうな顔でくびをふっていた。

「いいえ、おかあさん。そんな、世話なんておっしゃらずに、どうぞ……。」

こうして、おばあちゃんの手術の予定はさっさときまった。

胆管がはれてつまる病気《びょうき》……。病名はなんていうんだろう……。

わたしは、そんなことを考えていた。


七月十七日の午前九時。おばあちゃんの手術の時間がそうきまった。

父と母は、仕事《しごと》を休んでつきそうという。母はまた、子ども服《ふく》のお店でのパートを休まなければいけない。

「わたしは？　わたしはつきそわなくていいの？」

病院《びょういん》では手術《しゅじゅつ》がすむまで、つきそいの家族《かぞく》が別室《べっしつ》で待《ま》つきまりになっているそうだ。おばあちゃんにとっては、わたしも家族だ。

「花は学校があるだろう。学校を休んでまで、手術を待っていなくてもだいじょうぶだ。」

「そうよ。花は学校へ行きなさい。きのうみたいに、放課後《ほうかご》に病院へきてくれたらいいから。」

父と母はそういって、わたしにランドセルをせおわせた。

「だって、学校へ行ってても気になると思う。」

「あらあら、そんなに花に心配《しんぱい》してもらって、おばあちゃんはうれしいでしょうね。でも、ほんとうにだいじょうぶだから、花は学校へ行きなさい。」

手術の日、わたしは、いつもの時間にいつものように登校《とうこう》したけれど、学校にいるあいだもずっと、おばあちゃんのことばかり思っていた。

下校時間になるとすぐ、わたしはランドセルをせおったまま、病院へ走った。

エレベーターで三階《かい》まであがり、おばあちゃんの病室まで行ったけれど、ベッドはからっぽで、父と母のすがたもなかった。

ろうかを歩いていた看護師《かんごし》さんにたずねると、談話室《だんわしつ》というところへつれていってくれた。そこに父と母がいた。

入ってきたわたしに気づいた母が、読んでいた雑誌《ざっし》から顔をあげた。

「あ、花。おかえりなさい。学校、もうおわったの？」

「うん。おばあちゃんは？」

「おばあちゃんは、さっき手術がぶじにおわって、いまはリカバリー室という部屋《へや》にいるんだって。麻酔《ますい》がさめたら、看護師さんがよびにきてくれることになってる。」

「手術すんだんだ。よかった。」

手術がぶじにおわったときいて、わたしは体の力がすうっとぬけた。そばにあったいすに、すとんと腰《こし》をおろした。

「リカバリー室？」

「ああ、集中治療室《しゅうちゅうちりょうしつ》みたいなものらしい。」

そう、父がおしえてくれた。

リカバリーなんて、なんだか機械《きかい》の修理《しゅうり》みたいに思えた。

3 おばあちゃんの花好き

胆管《たんかん》の通りをよくするという手術《しゅじゅつ》を受けたおばあちゃん。八十三歳《さい》という年齢《ねんれい》のわりには、体力があったらしい。一日一日と顔色もよくなり、二週間入院《しゅうかんにゅういん》しただけで、家に帰ることになった。

その日、午前中に退院予定《たいいんよてい》ということで、朝のかたづけをはやくすませようと母をてつだっていると、電話が鳴った。

お皿《さら》を洗《あら》っている母のかわりに電話に出たのは、わたしだった。

「はい、もしもし……。」

「え、花か？　わたし、わたし。もう退院の用意はできたし、わるいけど、はよむかえにきてちょうだい。そう、おとうさんとおかあさんにいうてくれるか？」

受話器《じゅわき》のむこうからきこえる、はっきりとした声。電話は、病院《びょういん》にいるおばあちゃんからだった。

おばあちゃんをむかえにいくために、父と母はまた仕事《しごと》を休んだ。夏休みに入っていたわたしも、もちろんいっしょに病院へ行った。

病室についてみると、おばあちゃんは、もうすっかり退院の用意をととのえて、ベッドのわきの丸《まる》いすにちょこんとすわっていた。

服装《ふくそう》も、母がまえもってとどけていたよそいきの花柄《はながら》ワンピースを着《き》て、外出用の白い革《かわ》ぐつをはき、日よけの帽子《ぼうし》までかぶって、すでに準備万端《じゅんびばんたん》だ。

「ああ、やっと来てくれた。ほな、行きましょか。あ、花、おおきに。わるいけど、わたしのカバンを持《も》ってくれるか？」

わたしの顔を見るなり、荷物《にもつ》を入れたボストンバッグをおしつけると、おばあちゃんは同室の人たちにあいさつをしてまわる。

「ほな、お先に失礼《しつれい》いたします。おたくもはよ、ようなるようにお気をつけて。」

「ほな、失礼いたします。どうぞ、お大事《だいじ》に。」

「おたくも、もうすぐ退院ですもんね。ほな、お先に失礼いたします。」

ひとあいさつをすませると、おばあちゃんは、さっさと病室を出ていく。父や母がまだ同室の人たちにお礼《れい》をいっているのも、おかまいなしだ。

とことこと、ひとりでろうかを歩いていくおばあちゃんのあとを、あわてて追《お》った。

おばあちゃんは、今度《こんど》はナースステーションのドアをあけて、看護師《かんごし》さんたちにあいさつをしていた。

「いろいろとお世話《せわ》さまでした。ありがとうございます。」

「あらあら、草野さん……。」

その場にいた看護師さんたちがあつまってきて、おばあちゃんを見送《みおく》ってくれる。追いついてきた父と母も、看護師さんたちにあいさつをした。

「母がお世話になりまして、ありがとうございました。」

「いえいえ、ほんとうに明るく楽しいおかあさんでした。草野さん、またなにかあったら、いつでもいらしてくださいね。」

年長の看護師さんが、そうやさしくいってくれたのに、おばあちゃんは、

「いえいえ。おかげさんでこんなにピンシャンしてますもんで、もう来ませんよってに。今度来させてもらうときは、死ぬときやと思うてますんでね、はい。」

そんなふうに、あっけらかんといった。

父と母は、こまったような顔を見あわせた。

看護師さんたちは、わたしたちがエレベーターにのりこむまで、ずっと笑顔《えがお》で見送ってくれたのだった。


退院《たいいん》してきたおばあちゃんは、家につくなり、すぐにうごきはじめた。

ちっともじっとしていられない性分《しょうぶん》は、病気《びょうき》をしてもかわらないらしい。母がコップに入れた麦茶《むぎちゃ》を一気に飲《の》みほすと、すぐに庭《にわ》に出るといってきかない。

「お、おかあさん。お花の水やりでしたら、朝にすませましたから……。暑《あつ》いうちですし、そんなにすぐにうごかれると、体にさわります。」

母の制止《せいし》もなんのその。もうさっさとふだん着《ぎ》に着がえて、庭仕事用《にわしごとよう》の麦わら帽子《ぼうし》をかぶっている。

「早苗《さなえ》さんがかわりに世話してくれはったおかげで、庭のもんはみんな元気にしてるけど、せっかく帰ってきたんやし、あいさつしてこんと……。」

この場合《ばあい》、おばあちゃんがあいさつをしに出るのは、庭の花たちのところだ。

「でも、おかあさん。退院《たいいん》なさったばっかりで……。」

「早苗《さなえ》。いいさ。かあさんの好きなようにさせてやれば。」

なおもおばあちゃんを気づかう母を、今度《こんど》は父がとめた。

「花。」

そのかわりに、父はわたしをよんだ。おばあちゃんのいるほうをあごでさすということは、わたしにおばあちゃんをてつだってやれという意味にちがいない。

やっぱり、そうきたか。これじゃ、入院まえと、なんらかわっていない。

草野静江《しずえ》。御年《おんとし》八十三歳《さい》。ほんとうに元気で、まわりのみんなまでまきこんで、わが道を行くのだ。

「もう。おばあちゃんったら、しかたがないなあ。」

わたしは、食べかけていたヨーグルトアイスのカップを冷凍庫《れいとうこ》にしまい、おばあちゃんのあとを追《お》った。

「待《ま》って、おばあちゃん。」

わたしが庭《にわ》に出ると、おばあちゃんはすでに剪定《せんてい》ばさみを手にして、アジサイのそばにいた。

「アジサイの切りもどしをしてやらんと……。ごめんねぇ、ほうっといて……。」

おばあちゃんは、アジサイにあやまりながら、咲《さ》ききって枯《か》れた花を剪定ばさみでつんでいく。

わたしは、下におちた枯れ花をゴミぶくろに入れていくのをてつだった。

「おばあちゃんは、ほんとうに花が好きなんだね。」

わたしがいうと、おばあちゃんは、にいっと笑《わら》った。

「そう。わたしは、花が好き。人間《にんげん》の花も大好き。」

人間の花、それはつまりわたしのことだ。

「はい、はい。そりゃ、どうも。」

そう、てきとうにへんじをかえす。

「おばあちゃんってさ、なんで、そんなに花好きになったの？」

わたしがきくと、おばあちゃんは一瞬《いっしゅん》だまった。

ちょっとこまったような顔のおばあちゃんに、わたしはめんくらってしまった。

おばあちゃんは、今度はバラの枯《か》れ枝《えだ》を剪定しながら、ポツリポツリという。

「花なんて、煮《に》ても焼《や》いても食べられへん。なんの栄養《えいよう》にもならへん。けど、花は心の栄養なんや。心の栄養もそだてたらいかん時代。そんな時代が、二度《ど》と来えへんように……。わたしのねがいは、ただそれだけ……。そのために花をそだててる。ただ、それだけ……。」

おばあちゃんはそう、小さな声で「ただ、それだけ」をくりかえした。

「おばあちゃん。心の栄養《えいよう》をそだてたらいけない時代って、どういうこと？　花をそだてたらいけないってこと？　そんな時代があったの？」

わたしの疑問《ぎもん》に、おばあちゃんはふっと口もとをゆるめた。

「あったんや。花にはしんじられへんやろうけど、そんな時代があったんや。もう七十年も昔にな。花畑《はなばたけ》なんて、どこにもない。みんな芋畑《いもばたけ》になってしもた。それでも、お芋がつくれたらまだしあわせやった。そんな時代があったんや……。」

おばあちゃんは、まだだまって、剪定《せんてい》ばさみをうごかしている。わたしは、考えた。

七十年もまえだったら……戦争中《せんそうちゅう》のこと？

わたしは、このまえに見た不思議《ふしぎ》な夢《ゆめ》を思い出した。おばあちゃんのいう「そんな時代」が、ちょうどあのころかもしれない。

夢の中で、おばあちゃんのおとうさんや下條《しもじょう》さんのおくさんっていう人がいってい た、「このご時世《じせい》」が「そんな時代」なのだろうか……。

「花。ぼーっとしてるんやったら、そこの草をひいてんか。早苗《さなえ》さん、お水はやってくれはったけど、草まではひいてくれはらへんかったわ。」

つっ立って考えていたわたしに、おばあちゃんのするどいつっこみが入った。

「おばあちゃん。病《や》みあがりなのに、ほんと、口も元気だね。」

「へ、おおきに、はばかりさん。」

いやみをいったら、へらず口でかえしてきた。でも、これだけ元気になったんだから、よしとしておこう。

おばあちゃんは、真夏《まなつ》の日ざしの下でシャキシャキうごく。

しおれかけていた花木に水をたっぷりやり、雑草《ざっそう》をぬき、花のおわったユリを整理《せいり》して、アジサイとバラの花木を短《みじか》くし、まだつぼみをつけているユウガオをいとおしそうにながめる。

わたしは、てつだいをしろと命《めい》をうけたてまえ、しかたなく花壇《かだん》にのびた雑草をひきぬいていった。

「おばあちゃん。暑《あつ》いから、もうそのへんにしとこう。日焼《ひや》けしちゃうよ。ね、おばあちゃん……。おばあちゃん……?」

へんじがないので顔をあげると、おばあちゃんは、花壇のふちのレンガ積《つ》みにへたりこんでいた。

「おばあちゃん、どうしたの？」

うつむいたおばあちゃんは、ふうふう、とかたで息《いき》をしている。おばあちゃんのこめかみから、つつっと汗《あせ》がながれた。

（たいへんだ！）

わたしは、立ちあがって、家の中にいる両親《りょうしん》をよんだ。

「おとうさんっ！　おかあさんっ！　おばあちゃんが……。」

「ええっ！」

バタバタと足音をたてて、両親が庭《にわ》に出てきた。

「かあさんっ！」

「おかあさんっ！」

胸《むね》をだくように両手をおいて、おばあちゃんは大きく息をした。

「……心配《しんぱい》しなさんな。きゅうにうごいたさかい、ちょっとつかれただけや。」

ゆっくりとそういうと、わたしのかたを支《ささ》えにして、

「よっこらしょ……。」

おばあちゃんは、ゆらりと体を起《お》こした。

「おばあちゃんったら、もう。ゆっくりうごかないとだめだよ。」

両親《りょうしん》が体を左右からささえて、おばあちゃんを家の中へつれていった。

退院《たいいん》してきたばかりの体であれだけうごくのは、やっぱりむりにちがいなかった。


ところがおばあちゃんは、こりずにつぎの日も庭《にわ》に出ていた。

夏休み中の朝。ゆーっくりねむったわたしが目をさましたのは、庭でチョキンチョキンとはさみの音がしていたからだ。

わたしは、寝《ね》ざめの牛乳《ぎゅうにゅう》をごくごくと飲《の》む。

「おばあちゃん、だいじょうぶなのかな。もう。おばあちゃんの花好きは、まったく病気《びょうき》だね。ほんとの病気がなおったばかりなのにね……なんちゃって。」

うん？　あれ？

冗談《じょうだん》のつもりでいったのに、牛乳パックを冷蔵庫《れいぞうこ》にしまってふりかえった母は、こまったような顔をしただけだった。

「花。朝ごはんを食べたら、おばあちゃんのところへ行ってあげてね。」

フレンチトーストを口にはこびながら、だまってうなずいた。

きのうの夜も、父からわたしはたのまれた。

夏休み中だし、時間があれば、できるだけおばあちゃんのことを見ていてくれ、と。

父の重々《おもおも》しい言葉《ことば》の調子《ちょうし》に、わたしは、いやだとはいえなかった。

シューッ、シューッ……。

虫よけスプレーを、むせそうなくらい手足に吹《ふ》きつけてから、庭に出た。

「おばあちゃん、おはよう。」

ユウガオの鉢《はち》のそばにしゃがんでいたおばあちゃんが、こちらをふりかえった。

「花か。やっと起きてきましたんかいな。『おはよう』というより、『おそよう』ですけどね。」

（おばあちゃんたら、あいかわらずだ……。）

胸《むね》の中でつぶやいて、おばあちゃんのそばにならんでしゃがんだ。

「ユウガオ、まだ咲《さ》くの？」

「ああ。がんばって、まだつぼみをつくってるわ。えらいなぁ。がんばりや。」

「『がんばりや。』って、それ、ユウガオにむかっていってるの？」

「そうや。花でもなんでも、生きてるもんには心がある。愛情《あいじょう》をこめたら、それだけこたえてくれる。そういうもんなんや。」

「ふーん。そういうもん……？」

たぶん、今日《きょう》の夕方に咲《さ》くのだろう、わたしの人《ひと》さし指《ゆび》くらいの大きさのつぼみ。

「がんばって咲きなさいよぉ。」

おばあちゃんほどの愛情は持《も》ちあわせていないわたしだけれど、それでも、おばあちゃんのために咲いてくれればいいと、ユウガオのツボミをなでた。

父におばあちゃんのお目《め》つけ役《やく》をたのまれたからには、しかたがない。

「おばあちゃん、てつだうから。なにをすればいい？」

「花、おおきに。そしたら、バラを剪定《せんてい》しよか。バラの枝《えだ》はこういう、しっかりした五《ご》枚葉《まいば》の上で切りますねん。トゲに気ぃつけて。」

「はい、はい。わかりました。おばあちゃんは、そこで見てて。」

縁側《えんがわ》にちょこんとすわったおばあちゃんのご指導《しどう》のもとでうごく。

「花、水やりは、朝と夕方にな。昼間の暑《あつ》いときにやったら、むれてしまうしな。」

「はい、はい。わかりました。」

「花、『はい』は一回でよろし。」

おばあちゃんは、そんなつっこみもわすれない。

「花、オシロイバナがきれいに咲きましたなぁ。」

「へえ。これがオシロイバナなんだ。」

おばあちゃんは、ひとつひとつ、わたしにおしえようとしているみたいだ。

こうしてわたしは、毎日おばあちゃんといっしょに庭《にわ》に出た。

わたしは、こんなおばあちゃんとの時間を、ちょっといいなと思えるようになっていた。つば広の日よけ帽子《ぼうし》をかぶっていてもなお、日焼《ひや》けで浅黒《あさぐろ》くなってしまったのだけれど……。


そして、おばあちゃんのおてつだいは、花の世話《せわ》だけにはとどまらなかった。

真夏《まなつ》の昼さがり。二階《かい》の暑《あつ》さにたえかねて、クーラーのきいた一階リビングへおりていくと、さっそくおばあちゃんによばれた。

「花ぁ。ここ、ここんとこがようわからへんのやけど、おしえてんか?」

おばあちゃんは、リビングのテーブルのはしにノートパソコンをおいて、まるでにらめっこのようにのぞいている。

「えっ？　おばあちゃん、パソコンなんて、つかえたっけ？」

「ちょっとなら、つかえますねん。シニアクラブで講習会《こうしゅうかい》があったときに、おしえてもろたもん。けど、あかんなあ。もう、わすれてしもた。」

「それで、なに？　ネットでなにか調《しら》べたいの？　なにをやってるの？」

おばあちゃんのそばで、いっしょにパソコン画面《がめん》をのぞきこむと、おばあちゃんがひらいているのはワープロのソフトだった。

「おばあちゃん、なにか書きたいわけ？」

鼻先《はなさき》に老眼鏡《ろうがんきょう》をのせたおばあちゃんが、上目《うわめ》づかいにわたしの顔を見あげてきた。

「うん。ちょっとな、遺言状《ゆいごんじょう》でも書いとこかしらんと思てな。」

「えっ！　遺言状って、おばあちゃん、それって……。」

目を見ひらいてしまったわたしを、カカカッ、とおばあちゃんは笑《わら》った。

「そんなもん、冗談《じょうだん》にきまってるやないの。ちょっと作文を書きたいだけ。それより、小さい『っ』って、どうやって打《う》ったらええの？」

「小さい『つ』？」

見ると、画面には意味不明《いみふめい》のひらがなが横書《よこが》きにならんでいる。

「ちちのしゆつせい……？　なにこれ？　おばあちゃんは、なんて書きたいわけ？」

「わたしが書きたいのは、『ちちのしゅっせい』」

なんだそりゃ？　そう思いながら、おばあちゃんに顔をよせた。

「おばあちゃん、ちゃんとキーボード、ひらがな打《う》ちができてるじゃん。」

「キーボードはしらんけど、ひらがなで打ちたいから、そう講座《こうざ》で習《なら》った。けど、それからがわからへん。」

「へぇ。おばあちゃん、ソフトがひらけただけでもすごいよ。これって、横書きだけど、このままでいい？　おばあちゃんだったら、縦書《たてが》きのほうが見やすいし書きやすいんじゃない？　それに、ポイントももっと大きくしたほうが見やすいでしょ？」

「そら、縦書きのほうがええのやけど、それもやり方がわからへん。ポイント？　ポイントって、なんえ？」

「ポイントは、字の大きさ。おばあちゃん、ちょっとかしてみて。」

わたしは、学校の授業《じゅぎょう》でならったことを思い出しながら、おばあちゃんが書きやすいように、レイアウトをなおした。

おばあちゃんは、わたしのとなりでパソコンをのぞきながら、「ほうっ。」とか「ほほぉ。」とか、感心《かんしん》の声をもらす。

「ほら、これでいいかな。おばあちゃん、じゃあ、書きたいことを書いてみて。」

わたしにかわってパソコンにむかったおばあちゃんが、ポツポツとひとつひとつキーを打つ。

「おばあちゃん、これが文のタイトルなんだったら、頭から少しさげるといいよ。スペースキーで、字を空けるの。それから、小さい『つ』だったら、シフトキーをいっしょにおす。あ、『しゅっせい』だったら、『ゆ』も小さくしないとね。はい、これでOK。それから、変換《へんかん》キーで、漢字《かんじ》に変換っと……。」

左から手をのばして、かわりにやってみせる。

「漢字がちがったら、またキーをおして、候補《こうほ》の中からえらぶ……っと。わかった？」

おばあちゃんは、またもや、「ほうっ。」と、感心しきりだ。

「ちょっ、ちょっと待ってな。もういっぺんいうてみて。花がいうたことを書いとくわ。そうやないと、なんでもすぐにわすれてしまう……。けど、英語《えいご》やのうて、日本語でいうてね。」

「おばあちゃん。わたし、ちゃんと日本語でしゃべってるよ。」

おばあちゃんは、そばにおいていた大学ノートをあけて、ブツブツと口でいいながら、鉛筆《えんぴつ》でメモをとっていく。

「あ、おばあちゃん、ちがうよ。字を空《あ》けるときは、スペースキー。このちょっと大きなやつのこと。」

「あ、そうか。そうやった。花、おおきに。」

おばあちゃんは、えらくすなおにわたしのいうことをきいてくれる。なんだか、ちょっといい気分だ。

「花先生。これからも、よろしゅう、たのみます。」

「はい。まかせときなさい。」

調子《ちょうし》にのせられて、そうへんじしてしまった。けれども、たよられるのはわるくない気分だ。

ときどきはやっかいだと思っていたおばあちゃんとのこんな時間が、少し楽しくなっていたわたしだった。

4 ユウガオの浴衣《ゆかた》

パーン、パーン。

八月はじめの日曜日、午後四時。花火大会の開催《かいさい》をつげる花火があがった。

「花、よかったね。花火大会、あるみたいね。」

キッチンでニンジンをきざみながら、母は笑顔《えがお》でいった。

さっきまで夕立みたいな雨がふっていたので、花火大会は中止になるかもとあやぶんでいたのだ。

「けど、わたし、あの浴衣《ゆかた》、着《き》ていかないとだめ?」

わたしは、和室のタンスのまえで衣紋《えもん》かけにかかっている、紺色《こんいろ》の浴衣を指《ゆび》さした。

「花、そんなことといわないの。せっかくおばあちゃんが出してくださったんだから。いい浴衣じゃないの。」

「うーん。けどぉ……。」

浴衣は、きのうおばあちゃんが自分のタンスから出してきた。

「花。やっとこの浴衣が着られるくらいに背《せ》がのびてくれて、うれしいなあ。」

そういいながら、おばあちゃんが大事《だいじ》そうにひろげた浴衣からは、ぷうんっと虫よけ剤《ざい》のにおいがした。

浴衣は、紺色の地《じ》に、白いユウガオの花の柄《がら》が入っている。

それは、わたしにいわせると、ちょっとレトロ。はっきりいうと、ダサくて古くさい感《かん》じがする浴衣だった。

「おばあちゃん、女の子が生まれたらこの浴衣を着せたいって、ずっと持《も》っていらしたんだって。だから、花がやっとこれを着られるようになったって、今日《きょう》をそりゃあ楽しみにされていたみたいなんだから……。」

「それは、わかったけど……。」

おばあちゃんの気もちはわかったけれど、こんな地味《じみ》な柄の浴衣なんて、わたしは見たことがない。

今日、いっしょに花火大会に行く約束《やくそく》をしている茜《あかね》の浴衣を、このまえあそびにいったときに見せてもらった。

茜《あかね》の浴衣《ゆかた》は、ピンクの地《じ》に大中小のカラフルな水玉がとんでいるかわいい柄《がら》だった。帯は、ふんわりした白いレースの幅広《はばひろ》のリボンのようなもので、すごくおしゃれ。それにくらべると……。

最近《さいきん》の浴衣の柄の流行《りゅうこう》に、おばあちゃんは無頓着《むとんちゃく》なんだ。いまどきこんな地味《じみ》な柄の浴衣を着《き》ている十二歳《さい》女子なんて、きっといないと思う。

「これ、着てくのかぁ……。浴衣までユウガオかぁ。おばあちゃんって、ほんとにユウガオが好きなんだね。ここまでユウガオに凝《こ》らなくったって……。」

ブツブツいっていたら、庭《にわ》に出ていたおばあちゃんが、家の中にもどってきた。

「花、花火大会の花火があがったえ……って、花々しい、なんかシャレみたいやなぁ。」

そういう、おばあちゃんの笑顔《えがお》は明るい。

「花、浴衣を着せたげるよって、はやめにお風呂《ふろ》に入って、汗《あせ》をながしといで。」

おばあちゃんは、「よっこいしょ。」といいながら、キッチンで手を洗《あら》う。

「早苗《さなえ》さん。バラ寿司《ずし》をつくるんやったら、てつだいますえ。」

おばあちゃんは、いつもちらし寿司のことを「バラ寿司」という。うちは、夏祭《なつまつ》りの花火大会の日のごちそうは、毎年《まいとし》ちらし寿司ときまっている。

「おかあさん、だいじょうぶですか？　おつかれになるから、ゆっくりすわっていてください。」

「いやいや。お祭りのバラ寿司やったら、まだまだ早苗さんには負けませんよってに。」

なんだか、キッチンでかるく押問答《おしもんどう》を楽しんでいるみたいな、おばあちゃんと母だ。

「ねーぇ。あのさ、わたし、この浴衣、着ていかなくちゃ、だめ？」

わたしは、口ぶりにめいっぱいの不服《ふふく》の気もちをこめていった。

「花っ。花ったら……。」

母が、わたしに目くばせするようにして「えへんっ。」とせきばらいをした。

おばあちゃんが、さっとわたしのほうをむく。

「なんえ？　花はあの浴衣がいやなんか？」

「だって、おばあちゃん。あれ、ちょっと流行おくれじゃん？」

「え？　浴衣に流行なんかあらへんやろ。ユウガオ、ええ柄やろ？」

「うーん。なんか、地味。茜なんて、もっとかわいくて、いい浴衣なんだよ。これじゃ、洋服《ようふく》で行くほうがまし……。」

まだブツブツと文句《もんく》がいいたいわたしなのに、母がわたしを見て、くびを横《よこ》にふった。

そして、とってつけたようなことをいうのだ。

「花、いい浴衣《ゆかた》じゃない。きれいなユウガオ。」

そこで、わたしはついいってしまった。

「もうっ。そんなにいい浴衣だと思うんだったら、おかあさんが着《き》ればいいじゃん。」

あっ、と思ったけれど、いってしまった言葉《ことば》は飲《の》みこめない。

上目《うわめ》づかいに、キッチンにいるおばあちゃんをのぞき見た。

おばあちゃんは、だまって酢飯《すめし》をうちわであおいでいた。

三人とものしばらくの沈黙《ちんもく》のあと、玄関《げんかん》のドアがひらく音がした。用事《ようじ》で出かけていた父が帰ってきたのだった。

「ただいま……。」

父はユウガオの浴衣にちらりと目をやり、さっそくいった。

「そうか、花、あの浴衣を着るんか。へえ。よかったな、かあさん。浴衣がやっとまにあったな。」

おばあちゃんと母は、顔を見あわせている。

（ふうっ……。）

わたしは、やっぱりあのユウガオの浴衣を着ていくことになるのだろうなと、観念《かんねん》のため息《いき》をついた。

おばあちゃんは、わたしの体に腰《こし》ひもをまきつけるだけで、ふうふう、とかたを上下させて大きく息をつく。

「おばあちゃん。しんどいんだったら、むりしなくてもいいから休んでいて。わたし、浴衣なんて着ていかなくても、ぜんぜんかまわないんだから。」

「花はなにいうてますねん。おばあちゃん、これくらい、平気《へいき》のへの字……。」

わたしは、やっぱり着せられるはめになった、ユウガオの浴衣の袖《そで》を、自分で持《も》ちあげる。

おばあちゃんは、そのわたしの腰に黄色い帯《おび》をむすぼうとする。

そばでてつだおうと、わたしの浴衣をおさえる母は、ハラハラするように、わたしとおばあちゃんの顔を交互《こうご》に見る。

「……ここでハネをひろげて、よいしょっと……。花、ほれ、できましたえ。かわいい文庫《ぶんこ》にむすべた。」

おばあちゃんは、三面鏡《さんめんきょう》を合《あ》わせ鏡《かがみ》にして、うしろすがたを見せてくれる。

紺地《こんじ》に白いユウガオの花の浴衣《ゆかた》。そこに黄色い帯《おび》がチョウチョにむすんであった。

「花、かわいい！　よく似合《にあ》ってるわ。」

母は、パチパチと拍手《はくしゅ》までする。

リビングから顔をのぞかせた父も、「ほうっ。」と感心《かんしん》した声をあげた。

「なかなかいいぞ、花。」

おばあちゃんは、どんなもんだいって感《かん》じで得意《とくい》げに笑《わら》っている。

わざとらしいけれど、みんなにほめられると、わたしもこの浴衣がそれなりに、自分にしっくりきているような気になってくる。

ちょっとレトロだけど、これはこれでいいかもしれない。

「まるで、ユウガオにモンキチョウがとまってるみたい。」

なんて、てれかくしにそんなことをいってみた。

「けどさぁ、おばあちゃん。いったい、この浴衣って、いつから持《も》ってたの？」

ふと、そう思ってきいてみた。

「浴衣《ゆかた》か？　もうずーっと昔《むかし》やけど……。」

このレトロさからいうと、そりゃあそうだよね、と思う。

「結婚《けっこん》して、まだすぐのころやった。呉服屋《ごふくや》さんのまえを通りかかったら、この浴衣の反物《たんもの》が、ウィンドウにかざってあったんや。なんや、そこだけぼうっとあかりがともったみたいやった。『ああ、花あかりや……。』そう思たら、どうしてもほしくなって、買《こ》うてしもた。娘《むすめ》が生まれたら着《き》せるんやから、そう自分でいいわけしながらなぁ。けど、ざんねんながら息子《むすこ》しか生まれへんかった。」

「そりゃあ、息子しかでわるかったな。」

笑《わら》いながら父がいう。

「けど、やっと花が着てくれた。これで、満足《まんぞく》、満足。」

そんなおばあちゃんに、わたしは気になったことをたずねた。

「おばあちゃん。さっきいった、『花あかり』って、なに？」

おばあちゃんは、ちょっときょとんとしてから、

「わたし、そんなんいいましたかいな。」

と、はずかしそうな顔で、なんだかはぐらかすような調子《ちょうし》でいった。

「花あかりは、花のあかり、そのまんま。それより、花、はよ行っといで。茜《あかね》ちゃんが待《ま》ってはる。」

そして、わたしの背中《せなか》をポンとおしたのだった。

「かあさんは、花火大会は？　かあさんも花火を見にいきたいんだったら、いっしょに出かけようか？」

そう父がいったけれど、おばあちゃんは、くびを横《よこ》にふってみせた。

「わたしは、花に浴衣を着せられただけでじゅうぶん。なんやつかれたし、出かけるのはやめておくわ。庭《にわ》にいすをだして、そこで花火見物《けんぶつ》しとくさかい……。」

わたしに浴衣を着せるまでの意気《いき》ごみがしぼんだかのように、おばあちゃんはリビングのソファーにすわりこんでしまった。

父と母はこまったような顔を見あわせていた。

「だいじょうぶよ。わたしたちはおばあちゃんといっしょにいるから、花は行ってらっしゃい。」

それでも、母がそういって背中をおしてくれたので、わたしはおばあちゃんたちをのこして出かけることにした。

カランコロン、カランコロン……。

はきなれないから、鼻緒《はなお》で足がいたくなるかもね。

でも、ゲタの音ってなんかいい。ききながら歩くと、なんだかうきうきと気もちがはずんでくる。

約束《やくそく》どおりに、茜《あかね》の家までやってきた。

玄関《げんかん》のピンポンをおすとすぐに、待《ま》ってましたとばかりに茜がドアから出てきた。

茜は、やっぱりこのまえに見せてくれたピンクの浴衣《ゆかた》を着《き》ていた。髪《かみ》の毛《け》はアップのおだんごスタイルにしていて、大人《おとな》っぽい。

「やっぱり、いいなあ、茜の浴衣。わたしなんてさ、見てよ。」

茜は、わたしを頭の先からつま先までしげしげとながめた。

「わあ、お花はん。その浴衣どうしたの？　なかなかいいじゃない。」

「え、ほんと？　おばあちゃんが着せてくれたんだけど。」

「うん、いい。これぞ浴衣。なんか、正統派《せいとうは》って感《かん》じ。」

「ほんとに、いい？　なぐさめじゃない？」

「なんで？　なぐさめなんかいうわけないじゃない。ほんとにいいから、いいっていたまでよ。」

「そっかぁ……。」

のせられやすいのは自分でもわかっているけれど、ほめられると、まんざらでもない気もちになってくる。

「行こう、茜。花火大会がはじまっちゃう。」

てれかくしに茜をせかして、小走りにいそいだ。わたしたちの足もとで、ゲタがカラコロとはずんだ音をたてた。

花火会場は、町のまんなかをながれる、柳井川《やないがわ》の河原《かわら》。わたしたちがついたときには、河原はすでに花火の見物客《けんぶつきゃく》でぎっしりの状態《じょうたい》だった。

それでも、茜とふたり分入れるすきまを見つけて、人ごみの中にもぐりこみ、ふうっと息《いき》をついて、夜空を見あげた。

「まにあったね。」

「ふうっ。よかったね。」

すぐに花火の打《う》ちあげがはじまる。

ヒュ~、ドーン……、ドーン……！

打《う》ちあげ花火が大輪《たいりん》の菊《きく》のようにはじける。
ヒュ～、ドーン……、ドーン……！
はじけた音が、おなかにひびく。
火《ひ》の粉《こ》は川面《かわも》にふりそそぐ。
川面に火の粉がきえた、その一瞬《いっしゅん》。
暗《くら》がりに、わたしの浴衣《ゆかた》のユウガオが白くうかんだ。
あ、花あかり……？
おばあちゃんがいってた……。
もしかして、これが、花あかり……。

5 おばあちゃんの再入院《さいにゅういん》

今日《きょう》で夏休みがおわる、八月三十一日のことだった。

「花、おばあちゃんを、起《お》こしてきてくれる？　もう、起きてこられると思うんだけど……。」

起きぬけに入ったトイレから出たとたんに、ろうかで母がわたしにいった。

「あれ？　おばあちゃん、まだ寝《ね》てるの？」

「うん。今朝《けさ》はおそいわね……？」

そういってすぐ、母の表情《ひょうじょう》がはっとかわった。

「おかあさんっ。」

バタバタと足音をたてて、おばあちゃんの部屋《へや》へいそぐ母。わたしも、そのあとにつづいた。

「おかあさんっ、あけますよっ。」

いうなり、母がおばあちゃんの部屋《へや》のひき戸をあけた。

「はぁい。もう、なにごと？」

たたみの上においてあるベッドから、おばあちゃんのゆっくりなへんじがあった。

上むきに横《よこ》たわったままで、おばあちゃんが顔だけをこちらにむけた。

部屋に入った母が、見おろすようにおばあちゃんの顔をのぞきこむ。

「おかあさんがなかなか起《お》きてこられないから、心配《しんぱい》になったんですよ。だいじょうぶですか？」

わたしも、母にならんでおばあちゃんに声をかけた。

「おばあちゃん、だいじょうぶ？」

おばあちゃんは、わたしの顔を見て、うっすらとだけほほえんだ。

「だいじょうぶや。今朝《けさ》はなんやしらんけど、体がだるうてかなわんさかい、もうちょっとだけ寝《ね》とこかと思っただけ……。」

それをきいた母が、さっとおばあちゃんのおでこに、てのひらをのせた。

つぎの瞬間《しゅんかん》には、母はバタバタといそいでうごきだす。部屋から出ていってすぐ、電話のアドレス帳《ちょう》を持《も》って、もどってきた。

「おかあさん、タクシーをよびますから、病院《びょういん》へ行きましょう。あ、そのまえに、朝食……。」

おばあちゃんは、横になったままで、ゆっくりと頭を横にふった。

「早苗《さなえ》さん、おちつきなはい。病院へは行くけど、食欲《しょくよく》はないさかい、ごはんはいらん。お茶《ちゃ》を一杯《ぱい》だけもろたら、もう、そんでよろし。それより、起きて、着《き》がえんと……。花、ちょっと起こしててんか？」

おばあちゃんがわたしのほうに手をのばしてきたので、わたしは、左手でその手をにぎり、右手をおばあちゃんの背中《せなか》にまわした。

（熱《あつ》い……。）

おばあちゃんの体の熱《ねつ》が、わたしの手にじわっとつたわってきた。熱は、だいぶんと高いと思われる。

そのあいだに母は、タンスをあけて、おばあちゃんの着がえを用意《ようい》した。

「早苗さん。服《ふく》は、それやなくて、紺色《こんいろ》の花柄《はながら》のブラウスにしてちょうだい。……そう、それ。今年《ことし》、母の日にくれたでしょ？　まだ着てへんかったし、いま着とかへんかったら、もったいないでしょ。」

ようやくふらりと体を起《お》こしたのに、おばあちゃんは、服《ふく》えらびにチェックを入れた。

母はなにもいわずに、おばあちゃんがいうままの着《き》がえを用意《ようい》した。

それから、病院《びょういん》と、タクシー会社と、もうすでに出勤《しゅっきん》している父の携帯《けいたい》へ電話をした。

わたしは、おばあちゃんの着がえに手をかした。

「花、おおきに。けど、わたしより、花もまだパジャマのままやないの？」

「あ、ほんとだ。わたしも着がえなきゃね。」

おばあちゃんの部屋《へや》にもどってきた母が、わたしを見ていった。

「そうよ、花。あなたもさっき起きたばかりだもの。おかあさんは、おばあちゃんと病院へ行くから、花はおるすばんをしていてちょうだい。」

「えーっ。わたしも行く。心配《しんぱい》だもの。」

「病院へ行ったら、まず検査《けんさ》だろうから。検査は時間がかかるわよ。いいの？」

「いいの。だいじょうぶ。」

よろよろと歩くおばあちゃんをささえて、リビングのソファーまでつれていってから、わたしも自分の用意をした。

まず、着がえをして、病院で待《ま》ち時間に読むつもりの本をトートバッグに入れる。キッチンテーブルには、母が朝ごはんにつくってくれていた、卵焼《たまごや》きとトマトのサラダがあった。

わたしは、それをタッパーに入れて、あいだに自分で炊飯《すいはん》ジャーのごはんをおにぎりにしてつめた。冷蔵庫《れいぞうこ》の麦茶《むぎちゃ》を水筒《すいとう》に入れるのもわすれなかった。

母はそのあいだに病院へ持《も》っていくものを用意していた。旅行《りょこう》に行くほどの着がえをボストンバッグに入れているところをみると、おばあちゃんをこのまま入院させる予定《よてい》なんだろうか。

旅行とちがうところは、着がえがほとんどパジャマや替《か》えの下着やタオルなんかだったこと。

見ると、おばあちゃんは、ソファーに上半身《じょうはんしん》を横《よこ》たえていた。

(じっとすわっているのも、つらいくらいなんだ……。)

わたしは、おばあちゃんの病気がただごとではないような気がして、胸《むね》がくるしくなってきた。

タクシーが到着《とうちゃく》したので、母と両側《りょうがわ》からおばあちゃんをささえていこうとした。けれどもおばあちゃんは、体を起こすこともできそうにない。

「待《ま》っててください。運転手《うんてんしゅ》さんにおねがいしてきますから。」

母はタクシーの運転手さんにてつだいをおねがいしにいった。

わたしは、どうすればいいのかわからずに、おばあちゃんのそばにつっ立っていた。

すると、うっすらと目をあけたおばあちゃんが、ふっとほほえみをうかべてわたしにいった。

「花。このブラウス、わたしに似合《にお》うてますか？」

このシチュエーションでそれをいうのかと、わたしもちょっぴり笑《わら》ってしまった。

市民病院《しみんびょういん》につくとすぐ、おばあちゃんはストレッチャーにのせられた。玄関《げんかん》でおばあちゃんの到着《とうちゃく》を待《ま》っていたように、看護師《かんごし》さんたちとストレッチャーが近よってきて、てきぱきとおばあちゃんをはこんでいった。

ガラガラガラ……。

かるく音をひびかせていくストレッチャーを、なんだか拉致《らち》みたいだとぼうっと見《み》送《おく》った。

「草野さん、入院《にゅういん》の手続《てつづ》きをしますから、窓口《まどぐち》までどうぞ。」

母は事務《じむ》の係《かかり》の女の人によばれていった。

「手続きだけだから、花はそこで待《ま》っていなさい。」

母はわたしに、病院ロビーのベンチを指《ゆび》さす。

わたしは、ぽかんとしたまま、うなずいた。

病院のロビーには診察《しんさつ》を待っている人や、診察がおわって支払《しはら》いを待つ人がいっぱい。

体がつらいのか、母親にもたれかかるようにすわっている小さな子も……。

この人たちの多くは、体のどこかに病気やケガをかかえているのだ。ふだんは考えたこともない、そんなことを思った。

入院の手続きをおえて、母が看護師さんといっしょにやってきた。

「花、おばあちゃんの病室へ行くわよ。」

病室までは看護師さんが案内《あんない》してくれるそうだ。

「おかあさまの病室は、Ｂ病棟《びょうとう》の三階《かい》です……。」

Ｂ病棟の三階だったら、先月に入院したときとおなじ?

わたしは、看護師さんについて、すぐまえを歩いている母の服《ふく》をひっぱった。

「ねぇ。おばあちゃんって、もう入院することにきまってるの？　診察だけしてもらって、お薬《くすり》をもらったら帰れるってもんではないわけ？」

「うん。そうね。」

母は、こまったような顔でうなずいた。

荷《に》づくりの用意《ようい》は、はじめっから入院《にゅういん》するってわかっている感じだったもの……。

看護師《かんごし》さんに案内《あんない》された病室《びょうしつ》は、三〇一。病棟《びょうとう》も階《かい》もおなじだけれど、今度《こんど》はベッドがひとつだけの個室《こしつ》だった。病室に洗面台《せんめんだい》とトイレまでついている。

「へえ。なんか、ホテルみたいな部屋《へや》だね。ソファーもある……。」

「それ、背《せ》もたれをたおすとベッドになる、ソファーベッドなの。おばあちゃんといっしょに泊《と》まるときにもいいと思ってね。今度は個室に入れていただくことにしていたのよ。」

「えっ？『今度は』って？」

母はもうなにもいわず、持《も》ってきた荷物《にもつ》をせっせとそなえつけのロッカーにしまっていく。

わたしも、それ以上《いじょう》はたずねることができずにいた。

またソファーにすわったとき、ひざにおいたトートバッグを見て、ふと思い出した。

わたしは、朝からまだなにも食べていなかった。いままで、空腹《くうふく》なことにも気づかないでいたのだ。

「おかあさん、わたし、お弁当《べんとう》食べていい？」

「あ、そうね。ここでちゃんと手を洗《あら》ってからね。」

もちろんと、洗面所で手を洗ってから、ソファーにもどって、自分でつめてきたタッパーをあけた。

母は、おばあちゃんのようすを見てくる、といって病室から出ていった。

わたしは、お弁当を食べてしまうと、もうなにもすることがない。いくらおばあちゃんのことを心配《しんぱい》してみても、わたしにはなにもできないのだ。

先月に入院したときには、胆管《たんかん》にばい菌《きん》が入って、そこがつまったというのが、具合《ぐあい》がわるくなった原因《げんいん》だった。

それがちゃんとなおって退院《たいいん》できたのに、今度《こんど》はいったいどういうことだろう？

本を読んで待《ま》つしかすることがないので、目はひざの上にひろげたページを見ている。

けれども、おばあちゃんのことばかりを考えていて、本の話がなにも頭に入ってこなかった。

おばあちゃんの検査《けんさ》がやっとすんだのは、昼すぎのことだった。病室《びょうしつ》のドアを大きくあけて、ストレッチャーにのせられたおばあちゃんが入ってきた。両側《りょうがわ》に看護師《かんごし》さんと母がつきそっている。

ペパーミントグリーンの院内着《いんないぎ》を着せられたおばあちゃんは、目をとじてねむっているようだ。ベッドにうつされてからも、目はひらかない。

「おばあちゃん?」

声をかけてみたわたしに、いちばん年長の看護師さんがいった。

「だいじょうぶですよ。いま、点滴《てんてき》でよくねむっていらっしゃるだけですから。きっと検査がたくさんだったから、おつかれになっているんでしょう。」

母は、おばあちゃんをはこんできてくれた看護師さんたちに、お礼《れい》をいって、頭をさげる。

わたしは、横《よこ》たわったままのおばあちゃんの顔をのぞく。

顔色がわるい。朝に見たときはまだこんなに黄色じゃなかった。いまは黄色というよりも、からし色に近いくらいの色だ。

（おばあちゃん、どうしちゃったの……？）

「花。おばあちゃんは、よくねむっていらっしゃるから、いまのうちにお昼ごはんを食べにいきましょ。」

「え、あ、うん……。おばあちゃんは、ごはん、いらないの？」

「そうね、目がさめたら食べられるかもしれないけれど、いまは点滴の中に栄養《えいよう》も入っているらしいわ。」

母とわたしは、おばあちゃんをおいて病室を出た。

病院の一階《かい》には、ちょっとしたレストランやカフェテリア、こまごまとしたものを売《う》っているコンビニのような売店《ばいてん》もあった。

わたしは、朝食がわりのお弁当《べんとう》をさっき食べたばかりで、あまりおなかはすいていないはずだった。

それにもかかわらず母といっしょにカフェテリアに行き、サンドイッチとオレンジジュースのランチを食べたのだった。

「おかあさん。人間《にんげん》って、なんでどんなときでも、おなかはすくんだろうね？　おばあちゃん、しんどくってかわいそうだなって思っていても、それと同時に、『このサンドイッチ、おいしいなあ。』なんてことも思える……。」

わたしは、病室《びょうしつ》にいるおばあちゃんのことを思うと、平気《へいき》な顔でサンドイッチをほおばっている自分が少しうしろめたい気がした。

ズズズッとストローの音をたてて、オレンジジュースを飲《の》んだわたしを、母は少し笑《わら》った。

「おなかがすくのは、元気で生きている証拠《しょうこ》。人間《にんげん》は食べなきゃ生きていられないの。食べられるときに食べておかないと、なにもできないわ。だから、なにをおいても、しっかりと食べておいたほうがいいのよ。」

母は、まるで自分自身《じしん》にもいいきかせるように、はっきりとそういった。

入院《にゅういん》にたりないものを売店《ばいてん》でそろえてからは、音を小さくした病室のテレビを見て時間をすごした。

会社をはやめに出た父が病室に到着《とうちゃく》したのは、日がかげりはじめた夕方のことだった。それでも、おばあちゃんはまだねむっていた。

父が来たら、担当《たんとう》のお医者《いしゃ》さんが病状《びょうじょう》を説明《せつめい》してくれて、治療方法《ちりょうほうほう》を相談《そうだん》することになっていた。

「草野さん。先生が、お話があるそうです。」

看護師《かんごし》さんによばれて、両親《りょうしん》とわたしと、談話室《だんわしつ》まで行った。

「あの、おじょうさんも、いっしょにお話をきかれるんですか？」

そう心配《しんぱい》そうな顔の看護師さんにたずねられて、父と母は顔を見あわせた。

父は、決心《けっしん》したようにうなずく。

「花も、もう大きくなったしな。家族《かぞく》なんだから、ちゃんときいておいたほうがいいだろう。」

父の表情《ひょうじょう》は、こわばったように真剣《しんけん》だ。わたしは、これからきくという先生の話がむずかしいことのような気がして、胸《むね》がどきどきしてきた。

談話室にやってきた先生の話は、やはりやさしいことではなかった。

「……ご家族の意向《いこう》で、ご本人には、おつたえしておりませんが、前回の手術《しゅじゅつ》のときにもお話ししましたように、おかあさんのガンは、もう、どうしようもない状態《じょうたい》でして……。」

ガン？　どうしようもない状態《じょうたい》？

この先生は、なにをいっているんだろう……。

わたしの耳は、ききなれないつらい言葉《ことば》を拒否《きょひ》するみたいに、ぼうっとなってしまった。

（ガン？　ガンって……？　うそでしょ？）

なんだか耳が、ツーンとなった感《かん》じがする。

のどの奥《おく》になにかがつまっているみたいで、しゃべれそうにもない。

なんだろう。この感じは、なんだろう……。

「……できるだけ、痛《いた》みは緩和《かんわ》していく方向《ほうこう》で……。」

そんな声も遠くにきこえる。

ぼうっとしているあいだに、先生の話はおわったみたい。

「先生、どうぞよろしくおねがいします。」

「ありがとうございます。」

立ちあがって先生に頭をさげる両親《りょうしん》につられて、わたしも立ちあがった。

右手があたたかくなって気づいた。となりにいる母が、左手でわたしの手をにぎってくれたのだった。

「花？　だいじょうぶ？」

先生を見送《みおく》って、また談話室《だんわしつ》のパイプいすに、すとんと腰《こし》をおとしてしまった。

「おばあちゃん……。おばあちゃんの病気《びょうき》、ガンなの？」

かたい表情《ひょうじょう》のまま、父がうなずく。

「ああ。胆管《たんかん》のむずかしいところにガンができていて、ガン自体の手術《しゅじゅつ》はできないそうだ。それ以外《いがい》のところにも、ガンは転移《てんい》しているらしい。」

「えっ？　それって、まえの入院《にゅういん》のときからわかっていたことなの？　わたし……わたしだけ、しらなかったの？」

父も母も、いっしょにうなずいた。

「なんで？　なんでわたしにはおしえてくれなかったの？」

「花だけじゃない。おばあちゃんにも、ガンのことはいっていない。まえに具合《ぐあい》がわるくなったときすでに、『手術はできないし、半年ももたないかもしれません。覚悟《かくご》が必要《よう》です。』と、先生からはいわれている。そんなこと、どうしてもいえない。本人には最後《さいご》までいわないでおこうと、早苗《さなえ》と相談《そうだん》したんだ。」

「半年って……そんな……。」

(うそでしょ？　うそでしょ？　うそでしょ？)

心の中で、何度《なんど》もくりかえした。

おばあちゃんが、ガン？

もう半年しか生きられない？

最初《さいしょ》の入院《にゅういん》から、もう一か月半もたっている。

じゃあ……。じゃあ……。

「以前《いぜん》の手術《しゅじゅつ》は、胆管《たんかん》の通りをよくするために管《くだ》を通しただけだったんだ。胆管はいずれまたつまるだろうといわれていた。再度《さいど》つまってからは、症状《しょうじょう》はわるくなるだけで、二か月もつか、三か月もつか……。」

「あなた。花になにもそこまでいわなくても……。」

父の話のとちゅうで、母が口をはさんだ。

「いいや。花にもちゃんと話しておこう。家族《かぞく》が一丸《いちがん》となってむかっていかなければいけない問題《もんだい》だ。花だって、ちゃんと理解《りかい》できるくらい成長《せいちょう》しているはずだ。」

父は、強くそういった。

でも……でも……。

理解できることと、うけとめられるということとはまたべつだった。

わたしは、おばあちゃんがガンで、もう長くは生きられないという現実《げんじつ》に、打《う》ちのめされそうになっていた。

「花、病室《びょうしつ》へ帰るぞ。おばあちゃん、もう目をさましているかもしれない。」

「あ、待《ま》って、おとうさん。わたし、おばあちゃんに、どんな顔をしていたらいいのか、わからない。」

ほんとうだった。こんな重《おも》たい事実《じじつ》をきいて、どんな態度《たいど》でいたらいいのか、わからない……。

「花。ふつうでいいんだよ。いままでどおり、ふつうでいい。ただ、これからの毎日、おばあちゃんとの時間を大切にしてほしい。」

そう父にいわれて、いまここできいたことがほんとうに現実なんだと、あらためてしらされた思いだった。

（ふつうの顔……。ふつうの顔……。）

おばあちゃんの病室までのろうか。わたしは、自分のほっぺたを両手《りょうて》でさすりながら歩いた。

「花……。」

母は、わたしのかたをそっとだきよせてくれた。

三人で病室《びょうしつ》へ帰ったとき、おばあちゃんはもう目をさましていた。看護師《かんごし》さんにたのんだのか、ベッドの背《せ》を六〇度《ど》くらいに起《お》こしてもらって、テレビで夕方のワイドショーを見て笑《わら》っていた。

「あら、あんたたち、おそろいで。どこへいってましたん？　わたし、おなかがすいたんやけど、そのごはんを食べていいもんやろかどうやろかと、思案《しあん》してましたんや。」

おばあちゃんは、そんなふうにあっけらかんといった。

見ると、ベッドわきのサイドボードの上に、トレーにのった夕食らしいものがある。

時計を見ると、もう午後の六時に近い。

父は、「ごめん、ごめん。」と、明るく笑《わら》いながらいう。

「ぼくは、さっき会社からいそいで帰ってきたから、のどがかわいてしまってさ。売店《ばいてん》で缶《かん》コーヒーを買って、飲《の》んできたところだったんだ。」

「なんや、そんなことやろうとは思てましたけど。さっき、看護師さんに入院《にゅういん》のことはきいたし、またまえとおんなじみたいな病気《びょうき》らしいなぁ。しばらく入院することになるらしいけど、まあ、よろしゅうね。さぁ、ほんなら、夕ごはんでもいただきますか。」

おばあちゃんは、まるで家にいるときとおなじかるい調子《ちょうし》でそんなことをいった。

そんなおばあちゃんを見ていると、その体の中にガン細胞《さいぼう》がいるなんて、しんじられない。

けれどもさっき、お医者《いしゃ》さんはいっていた。

「……いまのおかあさんの顔色が黄色いのは、胆汁《たんじゅう》がうまくながれなくて、黄疸《おうだん》が出ているからです。」

白目のところまで少し黄色がかっているおばあちゃんの顔を見ていると、その体の中になにが起こっているのか、しんじないわけにはいかなかった……。

病院から家に帰ってきたら、玄関《げんかん》にあかりをともすように、ユウガオの花が咲《さ》いていた。

だれが見てくれるでもないのに、世話《せわ》をしてくれるおばあちゃんは家にいないのに、
ユウガオの花が咲いていた。

先に玄関のドアをあけた父が、ふりかえってわたしにいった。

「花。水やりをしておいてくれるか？　おばあちゃんが気にしていたからな。」

そうだ。病室《びょうしつ》を出るまえに、おばあちゃんはわたしにいった。

「花。帰ったら、庭《にわ》の花たちに水やりをたのむわ。今日《きょう》は水やりをせんうちに病院へ来てしもた。きっとこの暑《あつ》さでしおれてると思う……。」

病気《びょうき》でしおれてるのはおばあちゃんなのに、なんで花の心配《しんぱい》までしないといけないのか、いらだたしく思う。

こんな花の手入ればかりするから、つかれて病気になるんじゃない……。

こんな花ばかり……。

こんな花ばかり……。

「うっ、ううっ……。」

こみあげてくるものに、思わずしゃがみこんだ。

わたしの手からはなれた配水《はいすい》ホースが、しばふの上でしきりに水を吹《ふ》いていた。

6 長い夢《ゆめ》を見た

「静江《しずえ》ーっ。静江ーっ。」

だれかがよんでいる。

（静江……？　わたし？　わたしは、花……。）

また、なんだか不思議《ふしぎ》になつかしい感覚《かんかく》にとらわれる。

ねむい。とても、ねむい。

（わたし、また夢《ゆめ》の中にいる……？）

「静江ーっ。」

ぼうっとユリの花に見とれていた。母によばれて、気がついた。

わたしは、水やりのバケツとひしゃくを持《も》ったまま、畑《はたけ》のすみに立っていたのだ。

「はやく用意《ようい》せんと、もう小夜《さよ》ちゃんが来はるよー。」

かやぶき屋根《やね》の下、縁側《えんがわ》に立った母が、わたしをよんでいる。

「はーい。いま、行くぅ。」

バケツとひしゃくを井戸端《いどばた》にかたづけて、玄関《げんかん》の中へ入る。ゲタ箱《ばこ》の上においていたかたかけカバンをかけると同時に、おもてで声がした。

「しーちゃーん。」

おさななじみの小夜ちゃんが、もうさそいにきてくれた。わたしは、ゲタをカタカタ鳴らして外へ出た。

「小夜ちゃん。お待《ま》っとぉさん。」

「しーちゃん、おはよう。」

小夜ちゃんとかたをならべて行こうとしたら、妹の多恵子《たえこ》の金切声《かなきりごえ》が、背中《せなか》からきこえた。

「待ってぇ！　おねえちゃん、小夜ちゃん、待ってーっ！」

多恵子は、わたしたちより二歳《さい》年下の、国民学校初等科《こくみんがっこうしょとうか》（小学校）三年生。小さなころから、いつもわたしたちのあとをくっついてまわる。

多恵子をおいてふたりで行こうかと思ったのにと、冗談《じょうだん》をいって小夜ちゃんと顔を見あわせて笑《わら》った。

「もうっ。おねえちゃんが先にお便所《べんじょ》へ行ったから、わたしがおそぅなったんやんか。そやのに、おいていかんといてよお。」

多恵子は、モンペの腰《こし》ひもをむすびながら出てきた。

「多恵子、ちゃんと手ぇ洗《あろ》ぅた？」

「そんなん、洗ぅたにきまってるやないの。」

ほっぺたをふくらませる、多恵子。

多恵子にくっつくようにして出てきた弟の克己《かつみ》が、「いひひ。」といじわるそうに笑った。

「うそやで。多恵子ねえちゃん、手ぇ洗ぅてはらへんかった。」

克己はまだ四歳なのに、こんなところだけしっかりしていて、人のすることをよく見ている。

「克己っ！」

多恵子が克己の頭をペチッとはたいた。

「いたいー。おかあちゃんにいうてやろ。おかーちゃーん！」

三歳《さい》の下の弟、睦生《むつお》の手をひいて、母が玄関《げんかん》の敷居《しきい》をまたいで出てきた。

「ほんまに、朝からさわがしいことやなぁ。はよ行かんと、遅刻《ちこく》するよぉ。」

わたしと小夜《さよ》ちゃんは、ぺろっと舌《した》を出してから声をそろえた。

「はい。行ってまいりまーす。」

あとから、多恵子《たえこ》もゲタを鳴らしてついてきた。

これが、わたしのきょうだいたちと母。

家族《かぞく》はあとひとり、もう仕事《しごと》へ出かけている父がいる。手先が器用《きよう》な父は、町の木工《もっこう》所《じょ》で家具《かぐ》などをつくるてつだいをしてはたらきながら、田畑《たはた》をたがやす。

うちは、農家《のうか》といっても半農なのだ。

「小夜ちゃん。小夜ちゃんとこ、今日《きょう》のお弁当《べんとう》はなに？」

「えーっ。なーんもきのうとかわらへんよ。お芋《いも》さんごはんと梅《うめ》ぼしとメザシ。しーちゃんは？」

「うちは、大根《だいこん》の菜《な》っぱごはん。けど、卵焼《たまごや》きが入ってるの。」

「えーっ、卵焼き？　ええなあ……。」

「うん。コッコさんが、今朝《けさ》は三つも卵《たまご》を産《う》んでたさかい。」

うちは、庭《にわ》でコッコさん、つまりニワトリを三羽飼《か》っている。ニワトリの世話《せわ》は、おもにわたしの仕事《しごと》なのだ。

昭和《しょうわ》十八年の夏。戦争《せんそう》はまだおわらないらしい。農家《のうか》でもだんだん食べるものがとぼしくなってきたこのごろでは、卵《たまご》は大切な栄養《えいよう》だ。

「卵焼《たまごや》き、ちょっと小夜《さよ》ちゃんにもわけてあげる。」

「おおきに。わたしも、メザシちょっとでおかえしするわ。けど、その卵焼き、正吉《しょうきち》に見られんようにせんとな。正吉に横《よこ》どりされてしもたら、元も子もない。」

ほんまほんま、とわたしもうなずく。

正吉は、このあいだ、大阪《おおさか》から叔父《おじ》さんの家へひっこしてきたばかりなのに、学校で態度《たいど》がでかい。

なんでも、父親が陸軍《りくぐん》のおえらいさんらしい。だからそれを鼻《はな》にかけてのことだろう。

「おねえちゃん。」

わたしたちのあとを、だまってついてきていた多恵子《たえこ》が、わたしのカバンのかたひもをひっぱった。

「おねえちゃん、あそこ、見て。」

多恵子が、通りがかりの家を指《ゆび》さす。

そこはしらない家だけれど、門柱《もんちゅう》の左右から日《ひ》の丸《まる》の旗《はた》が、ななめ十字の形になるように、かさねてひもでむすばれている。

きっと今日《きょう》、そこの家の男の人が出征《しゅっせい》していくのだろう。

「多恵子、指さしたらいかん。『武運長久《ぶうんちょうきゅう》をおいのりします。』て、胸《むね》の中でいうときなさい。」

多恵子は、うなずいて、口の中でブツブツといった。

「けど、おねえちゃん。『武運長久』ってなに？」

「うん？　うーん。がんばって戦《たたか》ってください、ていうことやろ。」

そういいながら、わたしもほんとうのところ、正しい意味《いみ》まではよくわからない。

大人《おとな》たちがいうのを、そのままおぼえているだけだ。

最近《さいきん》、兵隊《へいたい》さんになって出征していく人を見ることがちょくちょくある。

このままでは、いまに日本に若《わか》い男の人はひとりもいなくなる、そんなふうに父もいっていた。

「戦局《せんきょく》はきびしくなる一方らしい。」

父はそういうのだけれど、この田舎町《いなかまち》で毎日《まいにち》を送《おく》っていると、戦争《せんそう》なんてどこのことかと思ってしまうのだ。

空襲《くうしゅう》にそなえてと、うちも裏山《うらやま》の下に防空壕《ぼうくうごう》を掘《ほ》ったけれど、お芋《いも》の貯蔵以外《ちょぞういがい》につかったことはない。

たしかに物資《ぶっし》はいろいろとぼしくなってきた。食べものだって、肉や魚はなかなか手に入らなくなっている。

それでも野菜《やさい》は畑《はたけ》にあるし、米も国に供出《きょうしゅつ》しても、なんとか家族《かぞく》で食べる分くらいはとっておける。

「なぁ、おねえちゃん？」

多恵子《たえこ》が心配《しんぱい》そうな顔でわたしを見あげる。

「多恵子、どうしたん？」

「うちのおとうさんは、兵隊《へいたい》さんになったりせぇへんよね？　だいじょうぶよねぇ。」

わたしは、ただうなずいた。

「うちのおとうさんは、もう三十五歳《さい》やし、年がいってはるさかいに、だいじょうぶやと思うんやけどって、そうおかあさんがいうてた……。」

そういいながら、ほんとうは不安《ふあん》な気もちでいっぱいなのだけれど……。

「おねえちゃん、ほんま？　ほんまに、ほんま？　ならよかった。ふうっ。」

多恵子は、ほっとしたように胸《むね》をなでおろす。そばできいていた小夜《さよ》ちゃんが、口をはさんできた。

「多恵ちゃん。しぃーっ。兵隊さんに行かなくてよかったやなんて、だれかがきいてはったら、『非国民《ひこくみん》』て、いわれるんよ。お国のために戦《たたか》うのは、よろこばしいことやねんて。」

「あ、ほんま、ほんま。多恵子、しぃーっ、や。」

「けど、うちのおとうさんみたいに、兵隊さんにとられても、病気《びょうき》になって帰ってくる人もいるしぃ……。」

小夜ちゃんのおとうさんは、この春に出征《しゅっせい》していったけれど、すぐに体をこわして除隊《じょたい》になり帰ってきた。二十歳の徴兵検査《ちょうへいけんさ》では合格《ごうかく》だったけれど、もともと体があまりじょうぶではないらしい。

それから小夜ちゃんのおとうさんは、除隊になったとたんに今度《こんど》は赤痢《せきり》にかかってしまって、いまは日赤病院《にっせきびょういん》に入院している。

「ほんま、除隊《じょたい》になってよかった、と思ったとたんにこれやもんね。」

「あ、小夜ちゃんこそ、しーっ、や。」

「ありゃ、ほんまや。」

「しーっ。」「しーっ。」「しーっ。」

三人で顔を見あわせて笑《わら》った。こんなことでも、笑いあえるのが楽しかった。

「そんなことより、もっとうれしいことを考えよ。えーと、えーと……。そうや、今年《ことし》の花火大会な、中止にならへんのやて。」

「ほんなら、花火大会はあるんやね。よかったあ。」

小夜ちゃんからの情報《じょうほう》に、わたしは手をたたいてよろこんだ。

もともと、秋の五穀豊穣《ごこくほうじょう》をねがっての夏祭《なつまつ》りの花火大会だ。戦争中《せんそうちゅう》のご時世《じせい》とはいえ、それまでなくしてしまったら、作物《さくもつ》も実《みの》らなくなるってもんだ。

「ただし、花火の規模《きぼ》は縮小《しゅくしょう》らしいけど。」

「それでも、あるだけええわ。」

そばで多恵子《たえこ》も、「楽しみ、楽しみ。」と、はねるように歩いた。

「ほんま。楽しみ、楽しみ。」

わたしたちは、青い空を見あげて、「楽しみ、楽しみ。」をくりかえしながら、学校までの道を歩いた。ただ、のんきに、明るく……。

夏祭りの花火大会は、毎年七月の二十八日ときまっている。この日のごちそうは、毎年バラ寿司《ずし》と、うちではまたそうきまっていた。

母は昼すぎから台所《だいどころ》で、バラ寿司に入れる具《ぐ》を煮《に》はじめた。ニンジンと、水でもどした干《ほ》しシイタケ、とれたばかりのインゲン……。けれども今年は、ちくわもなければ、干し魚のキスもない。

「ちょっとさみしいバラ寿司やけど、しかたがないわねぇ。ぜいたくはいわれへんもんねぇ。」

そういいながら母は、すし飯《めし》にする合《あ》わせ酢《ず》を味見《あじみ》している。いつもはなくならないようにチビチビとつかっているお酢だけれど、すっぱめのバラ寿司が好きな父のために、今日《きょう》はふんだんにつかっているにちがいない。

台所からは、さみしいといえども、だし雑魚《じゃこ》といっしょに煮ている具のいいにおいがながれてきた。

座敷《ざしき》で昼寝《ひるね》をしていた克己《かつみ》と睦生《むつお》が、むくむくと体を起《お》こして、鼻《はな》をひくつかせる。

「わーぁ。ええにおいや。」

「なに？　このにおい、なに？」

そういえば、まえに母がバラ寿司《ずし》をつくってくれたのは、いつのことだろう？

三歳《さい》の睦生は、以前《いぜん》にバラ寿司を食べたことをしらないのかもしれない。

「むっちゃん、バラ寿司やで。おいしいで。おぼえときや。」

汗《あせ》をびっしょりかいていた睦生のおでこを手ぬぐいでふいてやりながら、そういった。

「ごめんください。中村福太郎《ふくたろう》さんのお宅《たく》ですか。」

玄関《げんかん》で男の人の声がした。

「はーい。」

モンペの上につけた前かけで手をふきながら、母が玄関へ出ていった。

ちょっと気になったわたしも、ゲタをはいて出ていった。

玄関口のむこう。明るい日ざしの中に立っていたのは、白い開襟《かいきん》シャツを着《き》た男の人だった。

「……おめでとうございます。」

男の人は、かぶっていた帽子《ぼうし》をとり、母にむかって一礼《いちれい》した。

わたしは、その瞬間《しゅんかん》、母の顔色がさっとかわり、「ひっ。」とひきつけたような小さな声をあげたのをきいた。

少しくすんだ薄赤《うすあか》い色の紙をうけとった母の、その手がかすかにふるえている。

「静江《しずえ》、ハンコを持《も》ってきて。」

わたしはいわれるままに、タンスのいちばん上のひきだしから印鑑《いんかん》をとってきた。印鑑を手わたすと、母はそれを受領書《じゅりょうしょ》におした。

男の人は役場《やくば》の人だったらしい。受領書をうけとると、すぐに一礼して帰っていった。

母は、そのまま玄関に立ちすくんでいる。

「おかあさん?」

わたしがよぶと、母はびくんとして、はじかれたようにうごきだした。

「あ、そうや。バラ寿司、つくらんと……。」

すたすたと歩いて、母は台所《だいどころ》へもどっていく。手には紙を持《も》ったままだ。

わたしは、おそるおそる口にした。

「おかあさん。それ、赤紙?　おとうさんに、召集令状《しょうしゅうれいじょう》なんとちがう?」

「う、うん……。」

ゲタをぬいだ母は、座敷《ざしき》へあがって、仏壇《ぶつだん》に赤紙をおいた。そして、そのまま長いあいだ手をあわせている。

わたしは、だまって見ているしかなかった。

母のただならぬようすに、克己《かつみ》も睦生《むつお》も、「どうしたん？」「なに？　なに？」と、ぽかんとした顔で、まばたきをくりかえす。

「ただいま、帰りましたぁ。」

川あそびにいっていた、多恵子《たえこ》が帰ってきた。

「おかあさん。タニシ、三匹《びき》だけおったよ。これ、食べられるやろか？」

にぎった右手をまえに出した多恵子が、わたしを見てくびをかしげた。

今日《きょう》、父が仕事《しごと》をおえたら、多恵子とわたしを花火大会につれていってくれる約束《やくそく》になっていた。

夕方、多恵子とわたしは、父の仕事場である木本木工所《もっこうじょ》まで、だまってただ歩いた。

わたしの手さげぶくろの中には、父にわたすようにいいつかった赤紙が入っている。

一枚《まい》の、ただ一枚の紙なのに、手さげぶくろを持《も》った左手が重《おも》く感《かん》じられる。

木本木工所につくと、すでに仕事をおえた父が、まえで待《ま》っていた。

「おう。来たか。」

わたしたちを見て手をあげた父は、いつもの明るい笑顔《えがお》になった。

「おとうさん、これが来ました。」

手さげぶくろから赤紙を出してみせると、父の顔からすっと笑みがきえた。

「……そうかぁ。持ってきてくれたんか。」

父は、うけとった赤紙をしばらくながめてから、さげていた布《ぬの》ぶくろにていねいにしまった。その布ぶくろにはいつもの、米つぶひとつなく空《から》になったアルミの弁当箱《べんとうばこ》が入っているはずだ。

そばで、ただまばたきをくりかえしていた多恵子が、なにかいいたそうに口をひらいた。

「おとうさん。あ、あの……。」

父は、多恵子の頭をポンポンとなでる。

「多恵ちゃん。ええんやで。なにをいうたらええかわからんときは、なんにもいわんでええ。ただ、ほんわかと笑《わろ》うておいたらええのや。」

そういった父は、もういつものやさしい笑顔《えがお》になっていた。

「ほな、おそならんように、花火大会に行こか？」

父は、多恵子《たえこ》の手をとって、先を歩いていく。わたしは、そのあとにつづいた。

花火会場《かいじょう》は、町のまんなかをながれる大きな川の河川敷《かせんじき》だ。父は、そこへ行くまえに熊野神社《くまのじんじゃ》へお参《まい》りによった。

花火大会の日の夜、例年《れいねん》なら熊野神社の境内《けいだい》は夜店のテントでいっぱいになる。けれども今年《ことし》は一軒《けん》の出店もなく、あるのは氏子《うじこ》の会の白いテントだけだった。

テントの中にいたおじさんのひとりが、父を見て声をかけてきた。

「おう、福《ふく》さん。」

「こんばんは。ごくろうさんです。」

仕事先《しごとさき》での顔見知りなのだろう。親しげにあいさつした父は、テントの中へ入っていく。

「ほれ、見とくれるか。とうとう、わいにも来たわいなあ。」

父は、布《ぬの》ぶくろから赤紙を出して、おじさんに見せた。とたんに、おじさんの顔がひきしまった。

おじさんは、一瞬《いっしゅん》泣《な》き笑《わら》いのような表情《ひょうじょう》をしてからいった。

「『わいにも来たわい』て、そりゃ、しゃれかぁ?」

「はははは……。」

父は、ほんとうにわざとらしい笑い声をたてた……。

ヒュ〜〜、ドーン!

ヒュ〜〜、ドーン!

夜空に大輪《たいりん》の菊《きく》のような花火があがった。

花火見学につめかけた人たちから、「おおーっ。」と歓声《かんせい》があがる。

花火のあかりが、見あげる父と多恵子の横顔《よこがお》をてらしだす。

父はいま、どんな思いで花火を見ているのだろう。そう思う胸《むね》のざわつきに、わたしはなみだぐみそうになった。


とどいた赤紙には、父の出征《しゅっせい》の日にちと、入隊《にゅうたい》すべき連隊《れんたい》の名前が書いてあった。

出征の日は、八月十五日。お盆《ぼん》の最中《さなか》でもあるのに、その日、父は鳥取県《とっとりけん》の美保《みほ》航空《こうくう》隊《たい》へ入隊しなければならないというのだ。それまであと二週間《しゅうかん》と少ししかない。

それからというもの、父と母は準備《じゅんび》に追《お》われた。

たぶん木工所《もっこうじょ》の給金《きゅうきん》を前借《まえが》りしたのだろう、父はいくらかの現金《げんきん》をつくって母にわたした。

それから父がしたことといえば、裏山《うらやま》にあった桐《きり》の木を切って、ゲタをいくつもこしらえたこと。

ゲタは、母の分と、わたしたちきょうだいの成長《せいちょう》を考えて、いろいろな大きさのものがそろえてあった。

「鼻緒《はなお》は、さがしまわったけど、赤いのしかなかった……。」

父はそうしてそろえたゲタを、裏庭《うらにわ》の農機小屋《のうきごや》にしまった。

「これだけあったら、とうぶんのあいだは、はきものにこまらへんやろうけど、大事《だいじ》にはくんやで。静江《しずえ》、おいで。鼻緒のすげ方をおしえとこ。」

父は農機小屋にわたしをよんで、わたし用のゲタに赤い鼻緒をすげてみせてくれた。

「おとうさん……。」

「静江。ほかのきょうだいらには、おまえがすげ方をおしえてやってな。たのんだで。

あとな、鼻緒はひと束《たば》だけしかあらへんし、もし出先で鼻緒が切れたときは、手ぬぐいをさいて補強《ほきょう》するんやで。わかったな?」

わたしは、「はい。」とうなずいた。

けれどもほんとうは、

「わからへん! そんなん、ぜんぜんわからへん! おとうさんやなかったら、こんなん、わたしにはでけへん!」

そうさけびたかった。さけんで、父にすがって泣《な》きたかった。それができずに、だまって父の手もとをみていた。

千枚通《せんまいどお》しを持《も》ち、なれた手つきで鼻緒をすげていく父。

父は、家族《かぞく》のためにはたらくその手に鉄砲《てっぽう》を持ちかえて、戦争《せんそう》に行くのだ。

その日が来なければいいのに、家族みんなでねがったのに……。八月に入ると、一日一日があっというまにすぎていった。

今日《きょう》は、八月十四日。明日《あす》十五日の朝、父は出征《しゅっせい》していくのだ。

じりじりとてりつく日ざしが暑《あつ》い。

ミーン、ミンミンミーン……。

庭《にわ》の柿《かき》の木で、アブラゼミがうるさく鳴いていた。

昼すぎ、京都市内へとついでいる母の妹の明子おばさんが、ひとりで汽車《きしゃ》にのって、てつだいにやってきた。

汗《あせ》をふきふき歩いてきた明子おばさんは、うちに到着《とうちゃく》するなり、父の壮行会《そうこうかい》の料理《りょうり》づくりをてつだいはじめた。

「馬鈴薯《ばれいしょ》（ジャガイモ）があるやん。そしたら、茶巾《ちゃきん》しぼりをつくってみたら……？」

明子おばさんは、すぐにジャガイモの皮《かわ》をむきはじめる。わたしは、巻き寿司《まずし》をつくるという母をてつだった。

母が棚《たな》から出してきた焼《や》きのりを見て、明子おばさんが感心《かんしん》する。

「へえ。巻き寿司ののりがようあったねぇ。最近《さいきん》ではめったとお目にかかったことがなかったのに。」

母は、ほんわりと笑《わら》う。

「村に、広島に親戚《しんせき》のある人がいてはってな、もらわはったんやて。『福《ふく》さんの出征祝《しゅっせいいわ》いや。』いうて、持《も》ってきてくれはった。おかげで、今晩《こんばん》のお祝いができる……。」

そういってすぐに、母は自分の口を手でおさえた。

「お祝いやて……。」

出征は、お国のために戦《たたか》える名誉《めいよ》なことだとされている。だから兵隊《へいたい》さんを、みんなが「万歳三唱《ばんざいさんしょう》」で見送《みおく》る。それは、何度《なんど》か目にしたことだった。けれども、大切な父親を戦地《せんち》に送るわたしたちにとっては、出征はただ、かなしくつらいだけだった。

(なにがお祝いだ。なにがめでたいんだ。)

いいたくてもいえずに、母はただ酢飯《すめし》をうちわであおぐ。

父は、多恵子《たえこ》をてつだわせて畑《はたけ》に出ている。出発《しゅっぱつ》まぎわまで、家族《かぞく》のために野良仕事《のらしごと》にはげむつもりなのだ。

弟の克己《かつみ》は、小さな睦生《むつお》をあそばせている。

座敷《ざしき》から、睦生のはずんだ笑い声がきこえてくる。

なにもわからない睦生には、家の中がにぎやかでうれしいのだ。

夏の日もかたむき、ささやかな祝いの膳《ぜん》がととのったころには、村の人たちが餞別《せんべつ》を持《も》ってあつまってきてくれた。

灯火管制《とうかかんせい》で、いつもはあかりがもれないように黒い布《ぬの》をかけている電球《でんきゅう》は、今夜だけは布を少しだけあげている。

もし敵《てき》の飛行機《ひこうき》がやってきて、空襲《くうしゅう》がはじまったら、家々のあかりを目印《めじるし》にして爆《ばく》弾《だん》をおとすのだという。

けれども、敵どころか飛行機さえ見たこともない田舎《いなか》の村では、空襲があるなんてこと自体、しんじられなかった。

風呂《ふろ》でさっぱりと汗《あせ》をながしてきた父が、餞別《せんべつ》をうけとりながら、ひとりひとりにあいさつをする。

「福《ふく》さん、体にだけは気をつけて、お国のためにはたらいてなあ。」

「手柄《てがら》をたてて、ぶじに帰ってくるんやでえ。」

そういうだけで、目になみだをいっぱいためているおじいさんもいた。

「福さん。ま、一杯《ぱい》いこか。」

公会堂《こうかいどう》のそばのおじさんが、父の茶碗《ちゃわん》に一升《しょう》びんのお酒《さけ》をそそぐ。

それは、母が「なにかのために」と、戸棚《とだな》の奥《おく》にしまっていた、ただ一本のお酒だった。「なにか」というのは、こんなときのためだったのかと、わたしは思ってしまう。

父が家ですごすのは、もう今晩《こんばん》かぎりだ。

家族《かぞく》ですごせるのは、もう、いましかないのだ。

座敷《ざしき》に七、八人いるお客《きゃく》さんたちは、なかなか帰りそうにもない。

そのうち、よっぱらったおじさんが軍歌《ぐんか》をうたいはじめて、手拍子《てびょうし》でおどりだしたりもするのだった。

奥の部屋《へや》に克己《かつみ》と睦生《むつお》を寝《ね》かしつけてもどってきても、おじさんたちのさわぎはまだつづいていた。

母と明子おばさんは、お客さんたちにお酌《しゃく》をしてまわったり、お茶をくんでまわったりしている。

多恵子《たえこ》は、座敷のふすまにもたれて、ぼうっとねむそうな目をむりにあけていた。

夜風もなく座敷は暑《あつ》い。

わたしはゲタをつっかけて、玄関《げんかん》の外へ出た。外へ出ると、いくぶん涼《すず》しい風があった。

リーリリ、リーリリ……。

コオロギの鳴いているのがきこえた。

どこで鳴いているのだろう。さがしてみようかと、わたしは垣根《かきね》のそばにしゃがみこんだ。

畑《はたけ》との境《さかい》の竹垣《たけがき》には、ユウガオがツルをまきつけている。しゃがんだわたしの頭の上に、白い大きな花を咲《さ》かせていた。

「静江《しずえ》。」

わたしのあとから、父も家の外へ出てきたのだった。

わたしのとなりにしゃがんだ父は、しばらくなにもいわずにいた。

「おとうさん……。」

父は、わたしの頭にポンポンとやさしく手をおいて、口をひらいた。

「静江。おかあさんと、きょうだいたちのこと、たのんだぞ。おとうさんは、お国のためにはたらいたら、ちゃんと帰ってくるさかい。それまで、静江、おとうさんのかわりにがんばってくれな。」

「そんなん、おとうさんのかわりになんか、なられへん。おとうさんが、はやく帰ってきて。いつ？　おとうさん、いつ帰ってこられるのん？」

一か月なのか、二か月なのか。わたしはそれがききたかったのに、父のこたえはこうだった。

「そうやなぁ。おとうさんは、たぶん外地《がいち》（外国）へ行くのやろな。そしたら、帰ってきたときはひきあげの船が舞鶴《まいづる》につくやろ。それから、なんやかんやと手続《てつづ》きをして、家に帰れるのんは、夜になってからやろなぁ。」

わたしは、そんなはぐらかすようないい方をした父に少し腹《はら》がたって、いじわるをいいたくなった。

「夜に帰ってきたら、おとうさん、迷子《まいご》になるわ。灯火管制《とうかかんせい》でどこの家にもあかりがのうて、まっくらでどこがうちかわからへん。そやから、きっと迷子になるわ。」

そんなふうにいったわたしを、父は「ふっ。」と笑《わら》った。

「だいじょうぶや。ほれ、静江、見てみ。」

そういって、父はユウガオの花を指《ゆび》さした。

「ユウガオが白い花を咲かせてる。そこだけぽうっと白く光って見える。おとうさんは、これを目印《めじるし》にして帰ってこられる。まるで、花あかりや。」

「花あかり？」

「ああ。花あかりいうのは、ほんまは春の夜桜《よざくら》のことをいうのやけど、これも花あかりや。夏の花あかりやなあ。」

そんなことをきいても、まだわたしの気もちは晴れない。だから、またいってしまった。

「そんでも、ユウガオかて、そのうち時期《じき》がきたらおわってしまう。ユウガオのない時期はどうするん？」

「そうやなあ。ユウガオがすんだら、静江《しずえ》、菊《きく》の花でも植《う》えてくれるか。夜道で映《は》えるように、やっぱり白い花がええなあ。花あかり……、きれいな言葉《ことば》やなぁ……。」

花あかり……。はじめて父からきいたこの言葉を、わたしは胸《むね》にしまった。

明日出征《あすしゅっせい》していく父は、「ほんまに、きれいな言葉や。」と、またくりかえすのだった。

「そうや、静江。静江に、おきみやげや。」

立ちあがって、ズボンのポケットに手を入れた父が、わたしの手になにかをのせた。

それは、木彫《きぼ》りの花だった。

「ゲタをつくったときに、あまりでつくったんや。静江には、ユウガオ。多恵子《たえこ》には、ユリ。かあさんには、ヒマワリにした。」

ヒマワリを、父は少してれくさそうにいった。

「金具《かなぐ》があったらブローチになるんやけどなぁ。もっとも、いまはかざりたてたりしたらいかんご時世《じせい》やさかい、ブローチなんかつけられへんしな。おとうさんが帰ってきたら、金具をさがしてつけてやるさかいに、それまで大事《だいじ》に持《も》っといて。そやし、おきみやげなんや。」

「おきみやげ。きれいやなあ。けど、また、ユウガオや……。」

月あかりに木彫りのユウガオをかざしてみるわたしを、父はほほえみをうかべて見ていた……。


つぎの八月十五日の朝。

村の人たちが門《もん》の上につくりつけてくれたヒノキの枝《えだ》と日《ひ》の丸《まる》の旗《はた》のアーチをくぐり、「万歳三唱《ばんざいさんしょう》」と、大日本婦人会《だいにほんふじんかい》のおばさんたちがふる日の丸の小旗に送《おく》られて、父は出征《しゅっせい》していった。

寄《よ》せ書《が》きをした日の丸の旗をうけとった父は、国民服《こくみんふく》をきちんと着て、赤いたすきをかけていた。父が見送りの人たちに敬礼《けいれい》をしたとき、見つめる母の目が赤いのに、わたしははじめて気づいた。

多恵子《たえこ》と克己《かつみ》は、

「おとうちゃん、かっこうええなぁ。」

と、目をかがやかせて父を見あげていた。

父が出ていくそのまぎわ、睦生《むつお》が、トトトと歩いて父にすがりにいった。

「おとうちゃん、どこへ行くん？　むっちゃんも、むっちゃんも行くぅ。」

泣《な》きべそをかいている睦生を、明子おばさんがだきあげた。

「あかんよ。むっちゃんは、かしこうにおるすばんしとこぅなぁ。そしたら、すぐにおとうちゃんが帰ってきてくれはるよ。」

そのとき、母の目から、なみだがすうっとひとすじながれた。わたしが母のなみだを見たのは、これが生まれてはじめてのことだった。

7 花は禁止《きんし》？

昭和《しょうわ》十八年の夏がおわり、ユウガオが枯《か》れて、わたしはそこに小菊《こぎく》を移植《いしょく》しようとした。

花あかりがあったらそれを目印《めじるし》にして帰ってこられる、そういっていた父の言葉《ことば》をしんじて、通りから見えるように、白い花を咲《さ》かせておこうと思ったからだ。

母は、無心《むしん》で花を植《う》えようとするわたしのそばにきて、ふぅとため息《いき》をついた。

「静江《しずえ》、花はあかんのや。花みたいなもん、わざわざそだてたらいかんそうや。隣組《となりぐみ》でこのまえにきいた。いまは日本中の人が、食べるもんにこまってはる。学校の校庭《こうてい》にもお芋《いも》さんを植えるご時世《じせい》や。こんな通りから目立つとこに花があったりしたら、花を植える場所《ばしょ》があるんやったらもっと供出《きょうしゅつ》するための芋を植えろ、そういうて組長さんにしかられてしまう。非国民《ひこくみん》やて、いわれてしまう。」

「けど、おとうさんと約束《やくそく》したもん。白い花を咲かせておくって、約束したもん。これがなかったら、おとうさんが迷子《まいご》になってしまう。帰ってこられへんようになってしまう……。」

なみだが、ぽたぽたとわたしの手の甲《こう》におちた。それでもわたしは、泣《な》きながら移植ごてを持《も》つ手をうごかしつづけた。

じっとわたしを見おろしていた母が、となりにしゃがむと、やにわにわたしの移植ごてをうばいとった。

「かして。おかあさんがするっ。」

「おかあさん……。」

母は無言《むごん》のままてきぱきと、畑《はたけ》のすみに咲きはじめていた小菊の株《かぶ》を、竹垣《たけがき》の下にうつしていった。

父がいなくなり、母の里のおじいちゃんと村の人たちにてつだってもらって、やっと稲刈《いねか》りをすませた母のその手は、指先《ゆびさき》にひびわれができ、つめは黒く、見るも無残《むざん》に荒《あ》れている。

「……たまるもんか。たまるもんか。」

母の口から、そう小さく言葉《ことば》がもれる。

母はきっと、「負けてたまるもんか。」、そういいたいのだろうと思った。

「たまるもんか。たまるもんか。」

母と声をあわせていいながら、わたしも小菊《こぎく》の株《かぶ》をおさえていった。

木枯《こが》らしが吹《ふ》きあれ、十二月に入ると、その小菊も枯れた……。


年の瀬《せ》が近づいてきたころ、父からのはがきがとどいた。それまでにも父は、数枚《すうまい》のはがきを送《おく》ってきていたけれど、土地《とち》の名を書きいれたはがきは、はじめてだった。

「……みな元気でいますか。小生《しょうせい》はすこぶる元気でおりますのでご安心《あんしん》ください。目下《もっか》のところ、南方面《みなみほうめん》へむけて移動中《いどうちゅう》であります。九州《きゅうしゅう》あたりだと思われます。……みな、どうか体に気をつけてはげんでください……。」

少し右かたあがりの父の字で、そう書いてあった。

母は、はがきを胸《むね》にだくようにしたあと、やっぱり仏壇《ぶつだん》において、じっと手をあわせておがんでいた。

「おとうさんは、九州のどこへ行かはるん？」

わたしがきいても、母は少しくびをかしげただけだ。

「九州あたりとしか書いてなかったなぁ。どこなんやろなぁ。今度《こんど》、ちゃんと移動先《いどうさき》の住所《じゅうしょ》の書いてあるたよりがきたら、また慰問袋《いもんぶくろ》が送れるんやけどなぁ。」

父が出征《しゅっせい》していってから、母はおりをみては、手紙や炒《い》った大豆《だいず》などを入れた慰問袋を父に送っていた。このまえは、のこり毛糸をあつめて編んだあたたかな腹巻きを送った。

わたしは、父が九州の南のほうへ行くのだったら、あたたかな土地だろうし、寒《さむ》さに凍《こご》えることもないだろうと、ほっとした。

「おとうちゃん、もうすぐ帰ってくる？」

睦生《むつお》は、仏壇をおがんでいる母の背中《せなか》にあまえるようにもたれかかる。母は、手をまわして睦生をだきかかえた。

「待《ま》っていよな。きっと帰ってきはるから、待っていよな……。」

「けど……。帰ってくる目印《めじるし》やいうても、冬には花は咲《さ》かへんし、どうしょう……。」

ふとわたしがいうと、母はくびを横《よこ》にふった。

「もうすぐ、雪がつもるようになる。そしたら、雪あかりで道も家もわかるさかい、だいじょうぶや。」

わたしは、そうか、とうなずいた。

月の光をうけた白い雪景色《ゆきげしき》の村は、夜でも薄明《うすあか》るく、迷子《まいご》になることはないかもしれない。

「おとうさんは、九州《きゅうしゅう》なんやて。」

わたしは、そばでぽかんとした顔で鼻水《はなみず》をたらしている、克己《かつみ》の頭をなでてやった。


いつ雪がふりだしてもおかしくない、寒《さむ》い朝のことだった。

今朝《けさ》は、わたしのかわりにニワトリ小屋へ卵《たまご》をみつけに出ていた多恵子《たえこ》が、なにやらあわててもどってきたのだ。

「コッコさんが、一羽《わ》、おらへん!」

台所《だいどころ》でネギをきざんでいたわたしは、おどろいて母といっしょに外へ出た。

ニワトリ小屋《ごや》は、土塀《どべい》の内側《うちがわ》にある。表《おもて》の道からは見えない場所《ばしょ》だ。

ニワトリ小屋には、三羽がいるはずだ。それなのに、中にいるのは二羽だけだった。

「なんで?　どうしたん?」

「どこへ行ったん?」

ニワトリ小屋の入り口の戸は、しめられている。イタチなどが来たのだったら、荒《あ》らしたあとがあるはずだから、ちゃんとわかる。

それなのに、あともなくめんどりが一羽、ぽっときえてしまっているのだ。

「まさか、ぬすまれたんやろか……？」

一瞬《いっしゅん》にしてきびしい顔になった母は、組長《くみちょう》さんにとどけてくる、という。多恵子にあとをたのんで、わたしもいっしょに行くことにした。

組長さんの家は、むかいの田んぼのそばだ。

組長さんの家につくと、母は玄関《げんかん》の戸をあけて中へ入っていった。

「おはようさん。こんなはようから、なにごとでっか？」

綿《わた》入れはんてんをはおった組長さんは、寒そうにふところ手をして出てきた。

ニワトリが一羽きえたのだと、母は説明《せつめい》する。

組長さんは、眉間《みけん》にしわをよせて、むずかしい顔で母の話をきいた。

「そら、ぬすまれたんかもしれへんなあ。いったい、だれのしわざやろぅ？　けど、そらしかたがないこっちゃ。」

どうしてしかたがないのだと、母はくってかかった。

「そらな、おたくは広い田んぼや畑《はたけ》がある。いくら福《ふく》さんが出征《しゅっせい》してはるというても、それまでは木工所《もっこうじょ》でもはたらいてはったんやし、そのたくわえもあるんやろう。そやから、花なんぞそだてる余裕《よゆう》があるんやろうて、ここらへんのみんながいうてたんやで。」

それをいわれたとたん、母の顔色がはっとかわった。わたしも、胸《むね》がどきりとした。

「花は、主人《しゅじん》のためです。だれにも迷惑《めいわく》をかけてるわけやないのに、なんで花はあかんのですか？」

「そらな、花は煮《に》ても焼《や》いても食《く》われへん。こないに日本中が飢《う》えてるときに、花どころやないやろ。花なんぞ、だれも見むきもせんのに。実《み》のならん花をそだてる余裕があるんやったら、芋《いも》でも南瓜《かぼちゃ》でも腹《はら》のたしになるもんを植《う》えろ、いうことや。これはな、わしがいうたんとちがうで。お上《かみ》からのお達《たっ》しやそうや。そやのに、なんぼいうたかて、おたくは守《まも》ってくれへん。憲兵《けんぺい》さんにでもみつかったらどないするねんて、難儀《なんぎ》したわ。冬になって、花がない時期《じき》になって、ほっとした。」

お上からのお達し？　わたしは、そんなものはしらなかった。

母は、まだ組長さんにつめよる。

「けど、それがニワトリと、どうむすびつくんですかっ？」

「まだわからんか？　物資《ぶっし》は、あるとこからないとこへながれるんが当然《とうぜん》や。ニワトリは、おそらく、都会《とかい》からやってきた疎開者《そかいもん》とかのしわざやないか。そうや、町へ出たときに、この町にもどこかから脱走兵《だっそうへい》がにげこんできてるて、もっぱらのうわさをきいた。疎開者か、脱走兵か、おおかたそんなとこやろ。よっぽど腹をすかせてのことなんやろ。そやし、しかたがない。あきらめや。」

うつむいた母は、じっとくちびるをかんでいた。わたしは、母がくちびるをかみきってしまわないかと気になった。

「もう、ええです。静江《しずえ》、帰るで。」

母は、ぷいっと組長さんに背中《せなか》をむけた。

組長さんの家をあとにして、ずんずんと歩いて帰る、母のかたがおこっている。

「おかあさん。コッコさんは……？」

「なにが、疎開者や。なにが、脱走兵や。うちのニワトリ小屋《ごや》は、外からは見えへん。よそもんには、わからへんはずや。きっと、このあたりのもんのしわざや。どこかの家で鶏鍋《とりなべ》にされてしもたにきまってる。」

「そんなん、あんまりや……。」

わたしは、さっき組長さんがいっていたことが気になっていた。

「さっき組長さんがいうてはった『お上《かみ》からのお達《たっ》し』って、どういうこと？」

「そんなん、静江《しずえ》が気にすることやない。」

「そんでも、気になる。」

「まえにも、いうたことがあったやろ。花はそだてたらあかんらしいって。それがな、組長さんだけがいうてたんやのうて、お達しやったらしい。花だけやない、マクワウリ（メロン）とか、スイカとか、腹《はら》のたしにならんもんは、そだてたらあかんきまりやそうや。そんな余裕《よゆう》があるんやったら、芋《いも》やら南瓜《かぼちゃ》やら、麦やら、蕎麦《そば》やら……。穀物《こくもつ》をふやせというお達しらしい。うちにも組長さんがなんべんかいいにきてはった。そのたび、『そうですか。』て、へんじだけしといた。」

「わたし、そんなお達しがあるやなんて、なんにもしらんかった。」

「あんたは、しらんでもええ。うちのおとうさんは、花が好きな人や。わたしらは、おとうさんのために花を咲《さ》かせるんや。そう、きめたんや。」

母は、そうきっぱりといった。

「だいじょうぶなん？　おかあさん、ほんまに、ええの？」

「ええんや。だいじょうぶや。それが、なんぼのもんや。たまるもんか。負けて……負けてたまるもんか！」

こんなにはっきりと強いことばをはく母を、わたしははじめて見た思いがする。

「そうや。おかあさん、春になったら、花、咲かせような。」

「うん。春になったら、土の中の球根《きゅうこん》も芽《め》を出す。」

「おかあさん、おとうさんの好きなユウガオもそだてよ。」

「そうや、いーっぱい花を咲かせよ。そしたら、きっとおとうさんが帰ってくる。」

「うん。帰ってくる。」

帰ってくる。帰ってくる。そう母と声をあわせて、わたしは家までの道を、はずむように歩いた。

年が明けた。

つもる雪にとじこめられたような、つめたい冬だった。

家には、雪道を歩ける冬ぐつがもうなかった。町へ買《か》いにいったところで、売《う》っているとはとても思えない。いろいろな物資《ぶっし》が不足《ふそく》して、そこここの店には、ならべるものすらなくなっているのだ。

ゲタをはいた足は、ネルの足袋《たび》をはいていてもつめたく凍《こご》える。そのネルの足袋さえ、あいた穴《あな》をつくろっては、またはくのだ。

戦争《せんそう》はまだおわらない。けれども、この田舎《いなか》の村では、戦局《せんきょく》のくわしい行方《ゆくえ》はわからなかった。

父からのたよりは、十二月を最後《さいご》にとだえたままだった。父の行方も、またわからないのだった。

防空壕《ぼうくうごう》の貯蔵庫《ちょぞうこ》においた、芋《いも》や南瓜《かぼちゃ》や豆《まめ》もだんだん底《そこ》をついてきた。米はなくならないように、大切に食べなければいけない。干《ほ》し大根《だいこん》や菜《な》っ葉《ぱ》を入れたおかゆだけの食卓《しょくたく》にもなれた。

それでも、戦地にいる父を思えば、いろりのそばでごはんが食べられるだけでも、しあわせだと思えた。

雪かきをして冬野菜《ふゆやさい》をとりこむわたしの手は、しもやけで赤くはれあがり、あかぎれに血《ち》がにじんだ。

しもやけは、いろりの火であたためて、血行《けっこう》がよくなると、かゆくてかゆくてしかたがない。かきむしったところから傷《きず》ができ、じくじくと膿《う》んでくる。

「かわいそうになぁ……。」

そういいながらわたしの手をさすってくれる、その母の手のほうが、ガサガサでよほど荒《あ》れているのだった。


やっと、畑《はたけ》をおおっていた雪がとけた。待《ま》ちわびていた春がやってきたのだ。畑のすみから、スイセンがいちばんに芽吹《めぶ》いて、白い花を咲《さ》かせた。

「スイセンはさみしがりの花なんや。一本だけでは花が咲かへん。何本か仲間《なかま》といっしょにしておいてやらんと、花を咲かせへんのや。それに、咲いたのをほめてもらおうと、春いちばんに咲く花なんや。」

父がそんなことをいっていたのは、去年《きょねん》の春のことだったのだろうか。父がいたなら、思い出しもしないだろうことだ。

母のかわりに配給物資《はいきゅうぶっし》をうけとりにいっていた、多恵子《たえこ》が走ってもどってきた。

「あのな、林葉《はやしば》さんとこの息子《むすこ》さん、正男《まさお》さんが帰ってきはるらしい。」

「えっ。そら、たいへんや。気のどくに。行っておむかえせんと……。」

母は、あわてて白い割烹着《かっぽうぎ》を着て、「大日本婦人会《だいにほんふじんかい》」のたすきをかけた。

林葉《はやしば》さんの家には、先月に正男さんの戦死《せんし》の公報《こうほう》がとどいたそうだ。

出征《しゅっせい》していったときは、みんなに「万歳《ばんざい》」で見送《みおく》られて、今度《こんど》は白い布《ぬの》にくるまれた遺骨箱《いこつばこ》に入って帰ってくるのだ。

見送りもつらいけれど、このおむかえは、なおさらかなしくつらい。

林葉正男さんは、やさしいお兄さんで、夏の地蔵盆《じぞうぼん》には世話役《せわやく》をして、わたしたちといっしょにあそんでくれた。そんな正男さんのことを、子どもたちはみんな、したっていた。

「おかあさん、わたしもいっしょに行く。」

母は、「そうやな。」とうなずいた。

「正男さん、ええ人やったもんな。」

「おかあさん、おそなえに、スイセンの花を切って持《も》っていこか?」

「ああ、静江《しずえ》。それはええね。」

わたしは、十本あまり咲《さ》いていたスイセンの花を、二本だけ畑《はたけ》にのこして、あとはみんな刈《か》りとった。

二本だけをのこしたのは、もしも今日明日《きょうあす》にでも父が帰ってきたらと、そう思ったからだ。

なんのたよりもなく、ひょっこり帰ってくるはずもないことは、わかっていたけれど……。

刈りとったスイセンの花は、束《たば》にして麻《あさ》ひもでゆわえた。

正男さんの遺骨をむかえにいった、林葉さんのおばさんは、バスにのって帰ってくるときいた。

わたしと母が公会堂《こうかいどう》のまえのバスの停留所《ていりゅうじょ》まで行くと、すでに村の人たちがあつまって、おむかえの列《れつ》をつくっていた。

母は、「ごくろうさまです。」とみんなにかるく頭《あたま》をさげて、列にならぶ。わたしもあとにならった。

かなしいおむかえに、みんな言葉《ことば》も少なく、バスの到着《とうちゃく》を待《ま》った。

しばらくすると、土けむりをもうもうとあげながらバスがやってきた。

バスからおりてきた林葉さんのおばさんは、白い布につつんだ四角い骨箱をくびからさげ、大事《だいじ》そうにだいていた。

「お帰りなさい。」

でむかえたみんなに深《ふか》く頭をさげて、顔をあげたおばさんは、顔をくしゃくしゃにしてなみだをこらえていた。

バスの停留所《ていりゅうじょ》から林葉《はやしば》さんの家まで、おむかえの行列《ぎょうれつ》が、ぞろぞろとついていった。

家のまえまで見送《みおく》って、わたしは林葉のおばさんに、スイセンの花の束《たば》をさしだした。

「あの、おばさん。こんな花やけど、正男さんのおそなえにしてください。」

「……。」

林葉のおばさんは、つぶやくような小さな声でなにかいった。

ききとれなかったわたしは、「なんですか？」とききかえした。

「いらんて、いうてるの。花なんか、そんな、なんのたしにもならへんもん、いらんていうてるの。」

「いらんていうてるの」のところだけいくぶん声が大きくて、おどろいたわたしは、身《み》がすくんでかたまってしまった。

「正男はな、中国の北のほうへやられていたらしい。寒《さむ》い寒いとこで、体をこわしてたおれたらしい。けど、栄養《えいよう》がとれる食べものがじゅうぶんになくて、それで死んでしまったんや。かわいそうに……、かわいそうに……。」

林葉のおばさんは、ふるえる手で何度《なんど》も正男さんのお骨《こつ》が入った箱《はこ》をなでる。

「そやから、花なんぞいらんの。正男にそなえてやるんやったら、食べられるもんや。な、正男。なんぞ、おいしいもんが食べたいなぁ。なにがええやろなぁ。なぁ、正男……。」

林葉のおばさんは、何度も「正男」と骨箱によびかけながら、家の中に入っていってしまった。

わたしは、スイセンを持《も》って家のまえにつっ立ったまま、体がうごかせなくなっていた。

(花なんて、花なんて、なんのたしにもなられへんのや……。)

「静江《しずえ》。」

声をかけてくれた、母がわたしの背中《せなか》をおした。

それでやっと歩けるようになったわたしに、追《お》いうちをかけるように、ひとりのおばさんがいった。

「このご時世《じせい》に花なんぞ咲《さ》かせてるから、あんなことをいわれるんや。もっと芋《いも》のひとつでもそだてるべきやないの。そやないと、『非国民《ひこくみん》』になるで。」

母の足がぴたりととまり、母は顔をキッとそのおばさんへむけた。

「うちは、せいいっぱい、お芋《いも》もお米もつくらせてもろてます。スイセンは、わざわざ植《う》えたわけやない。球根《きゅうこん》から、毎年自分でちゃんと咲《さ》いてくるんです。そやし、花かて生きてるんです。命《いのち》です。生きてるもんは、大事《だいじ》にせなあかん。それだけです。そら、花は食べられへん。なんの栄養《えいよう》にもならへんかもしれません。けど、花を見たら心がおちつきます。花は、体の栄養にはならへんかもしれへんけど、心の栄養になります。それかて、りっぱな花のお役目《やくめ》とちがいますか。」

そういいきって、母はまたわたしの背中《せなか》をおす。

母の言葉《ことば》をきいたおばさんは、目をつりあげたこわい顔で、わたしたちをにらみつけていた。

「しーちゃん。」

わたしに声をかけてくれたのは、牛飼《うしか》いをしている、田中さんのおばさんだった。

「しーちゃん。そのスイセン、わたしにくれへんかなぁ？　うちの俊郎《としろう》にそなえてやりたいわ。俊郎は、きっとよろこんでくれるやろ。」

そういって、ふっとほほえんだ田中さんのおばさんは、わたしのまえに手を出した。

大日本婦人會
大日本婦人會

わたしは、その手にスイセンの花の束《たば》をわたした。

「おおきに、しーちゃん。きれいやなあ。ほんま、花は心の栄養《えいよう》や。」

田中さんのおばさんは、香《かお》りをかぐように花に顔を近づけた。

今年《ことし》の年明けすぐ、田中さんの家にも、戦死《せんし》した上の息子《むすこ》さん、俊郎《としろう》さんのお骨《こつ》がとどいたばかりなのだ。

「すんません。田中さん、ほんまに、ありがとうございます。」

母は、泣《な》きそうな顔で、田中さんのおばさんに頭をさげた。

母に背中《せなか》をおされながら家まで帰る道。

「なんで、なんで花もそだてたらあかんの？」

わたしの目からは、ぽろぽろ、ぽろぽろとなみだがこぼれてしかたがなかった。

泣きながら、思うのは父のことだった。

父は、どこにいるのだろう……？

ちゃんとごはんを食べられているのだろうか……？

父のいる、そこに、花は咲《さ》いているのだろうか……？

花は食べられへんと、父もいうのだろうか……。

8 父のいない家

父が出征《しゅっせい》していって、もうすぐ一年になる。父からのたよりはとだえたまま、どこにいるのかもわからない。けれども、母はいう。

「たよりのないのは、元気な証拠《しょうこ》。」

母は、戦死《せんし》の公報《こうほう》というたよりが来たわけじゃないから、父がどこかできっと元気でいると、そういうのだ。

戦争《せんそう》がおわらない世《よ》の中《なか》は、ますますきびしくなる一方だ。この夏は、夏祭《なつまつ》りの花火大会も中止になった。学校からの帰り道、小夜《さよ》ちゃんとため息をついた。

「あーあ、楽しいことなんて、なーんもあらへん。お祭りまであらへんのやて。」

「ほーんま、ほんま。なんぞ楽しいことはないもんじゃろか？」

小夜ちゃんがそう、わざと年寄《としよ》りくさくいったので、顔を見あわせてクスクス笑《わら》った。

学校へは、行ける日だけ行くことにしていた。それは多恵子《たえこ》もおなじだった。父がいない農家《のうか》、するべき仕事《しごと》はいくらでもある。芋掘《いもほ》りも野菜《やさい》の植《う》えつけも、みんな母とわたしたちとでしたのだ。

田んぼには、稲《いね》が青々とそだっている。

今年《ことし》の田植えは、小夜《さよ》ちゃんのおとうさんもてつだってくれた。けれども病弱《びょうじゃく》な小夜ちゃんのおとうさんすら、またいつ召集《しょうしゅう》があるかわからない日々なのだ。

村の人に田植えのてつだいをたのもうにも、隣組《となりぐみ》の組長さんににらまれたうちでは、それがいえなかった。

「待《ま》ってぇ。おねえちゃん、小夜ちゃん。」

いつもわたしたちにおくれる多恵子が、田んぼをのぞきこんでいる。タニシでもいたらとってやろうと、ねらっているのだ。

今年も畑《はたけ》のはたにスイセンが咲《さ》き、シラユリの花も咲いた。

ユウガオも去年《きょねん》にとっておいた種《たね》から芽《め》を出させて、竹垣《たけがき》の下に植えた。いまでは、のばしたツルに、花のつぼみがいくつかできてきている。もうすぐきっと、日の暮《く》れに白い花を咲かせてくれるだろう。

そうだ。楽しみはあった。もうすぐ、ユウガオの花が咲くじゃないか。

「小夜ちゃん、また明日《あした》なぁ。」

「うん。さいならぁ。」

小夜ちゃんに手をふって、家の土塀《どべい》を入る。

とたんに、だれか、おばさんのきつい声が耳にとびこんできた。

「おたく、また、花をそだててはるやないですか！」

わたしは、びくんと身《み》がすくんだ。となりで、多恵子が不安《ふあん》そうな顔でわたしを見あげてくる。

見ると、玄関《げんかん》に組長さんの家のおばさんが、回覧板《かいらんばん》を持《も》って立っていた。おばさんが指《ゆび》さす先は、竹垣《たけがき》にツルをはわせたユウガオだった。

「へえ、あれですかぁ？」

とがった声のおばさんとは対照的《たいしょうてき》に、母の声はのんきそうにもきこえた。

「あれは、ユウガオやけど、実《み》のなるユウガオですわ。実をならせて食べようと思て、今年はあんなユウガオを植《う》えてみましてん。」

実のなるユウガオ？　そんなことは初耳《はつみみ》だ。

ぽかんとしながら見まもっていると、おばさんが、「コホン」とせきばらいをした。

「そしたら、あれは、花やない、実のなる野菜《やさい》やて、そういわはるんですね。」

「はあ、そういうことになりますかねぇ……。」

母の声は、あくまでものんきそうだ。

おばさんは、歯《は》ぎしりでもしそうなこわい顔で母をにらみつけると、ぷいっと横《よこ》をむいた。

そして、そのままのこわい目でわたしを見ると、あいさつもなしにつかつかと歩き、土塀《どべい》の外へ出ていってしまった。

かたをいからせたおばさんの背中《せなか》を見送《みおく》ってから、おそるおそる母に声をかける。

「おかあさん。あのユウガオ、実はならへんやろ？」

すると、母はあっけらかんといった。

「そうや。ならへん。あれは、花しか咲《さ》かへんユウガオやもんなぁ。」

「そやのに、あんなことをいうて、だいじょうぶなん？　あとで、『実がならへんやないの』いうて、おこられたら、どうするん？」

「そのときは、そのとき。肥料《ひりょう》がないから、実がならへんかったんですねえ、とでもいうとこか。」

母は、ニヤッと笑《わら》って小さく舌《した》を出す。

おかしくて、声をあわせて笑ってしまった。

「あははは……。」

「うふふふ……。」

夕方、この夏はじめてのユウガオが一輪《いちりん》、花をひらかせた。


今日は、ひさしぶりにパンの配給《はいきゅう》があるという。パンなんて、いつから食べていないかわからない。

いそがしい母にかわって、わたしと多恵子《たえこ》とで配給《はいきゅう》をもらいにいこうとした。すると母は、自分が行くからと主張《しゅちょう》するのだ。

「なんで？　パンやったら、わたしが行きたい。」

多恵子がそういっても、母はだめだときかず、ひとりで出ていってしまった。いったい、なぜなんだろう？

「……多恵子、わたしも行ってくるから、るすばん、おねがい。」

そういおいて、わたしも母のあとを追《お》った。

母は、追いついたわたしをきびしい顔でちらりと見たけれど、帰れとはいわなかった。

「パン……。」「うん、パンや。」

配給所になっている公会堂《こうかいどう》にあつまった人たちは、口々に、パン……パン……と、うれしそうにつぶやく。

世話役《せわやく》は、組長さんのおばさんと、婦人会《ふじんかい》のちょっとこわいおばさんだ。

配給食品《しょくひん》を入れる木のトロ箱《ばこ》に、布《ぬの》ぶくろからパンがあけられた。とたんに、ふわんとこうばしい香《かお》りがたつ。

大人のにぎりこぶしより、少しだけ大きいくらいのコッペパンだ。わたしは、見ただけで口の中が唾液《だえき》でいっぱいになった。

「一、二、三、四、五……十三、十四。あれ?」

パンをかぞえた組長さんのおばさんが、くびをかしげてみせた。

「みんなで十五軒分《けんぶん》ないといかんのに、パンは十四しかあらへん。ひとつたらへんわ。どないしょう?」

すると、婦人会のおばさんが、わかったような顔でうなずいていった。

「しかたがないですねえ。そしたら、中村さんのとこは、ユウガオの実《み》とやらをそだてはることとやし、きっと食べるもんにも余裕《よゆう》があるんやろうし、もうしわけないけど、余裕のない家にゆずってもらいましょか。」

わたしは、「えっ！」と耳をうたがった。このおばさんたちは、パンがひとつたらないからわたしの家の分はない、そういっているのだ。

そんな……。せっかくのパンなのに、そんなのってない。それも、うちがユウガオをそだてているからって……？

わたしは、おろおろして母の顔を見た。母は、だまってじっと立っている。母が力を入れるにぎりこぶしが、小さくふるえていた。

母がわたしの手をつかんで、くるっときびすをかえそうとしたときだった。

そばで見ていた田中さんのおばさんが声をあげた。

「組長さんのおくさん、すみません。そのふくろ、なんかちょっとふくれているみたいに見えるんですけど。もしかして、パンがそこにのこってるんとちがいますか？　ちょっと、見てもらえます？」

いいながら田中さんのおばさんは、組長さんのおばさんのかわりに布《ぬの》ぶくろに手をのばした。

「ほれ、やっぱりまだのこってましたわ。配給《はいきゅう》は、ちゃんと家の数だけあったんですね。中村さん、よかったねえ。」

にっこりする田中さんのおばさんと対照的《たいしょうてき》に、組長さんのおばさんと婦人会《ふじんかい》のおばさんは、にがい顔だ。

「あら、そうですか。のこってるやなんて、ちいっとも気ぃつかへんかったわ。」

組長さんのおばさんは、そうつっけんどんに言葉《ことば》をはいた。

母はすました顔で、もらったパンを大事《だいじ》に手さげぶくろにしまった。

公会堂《こうかいどう》からの帰り道。だまってずんずん歩く母に、わたしは声をかけた。

「おかあさん、あれって、いつものことなん？　うちは、いじわるされてるん？　うちが、ユウガオをそだててたりするから？」

母は、いじわるされていることをわたしたちに見せたくないから、だから自分が配給に行くといったのかと、わたしはそう思ったのだ。

「静江《しずえ》は、なんにも気にすることはない。わたしらは、なにもわるいことはしてない。お米もお芋《いも》もそだてたうえで、花をそだてて、なにがわるい。田中さんみたいに、ちゃんとわかってくれる人もいはるんやし。」

母はきっぱりといって、まえをむいて歩く。わたしは、ただその母につづいた。

家に帰ると、配給でもらったパンを、母はちぎって四つにわけた。

「さあ、パンをもらってきたで。大事《だいじ》に食べるんやで。」

多恵子《たえこ》も、克己《かつみ》も、睦生《むつお》も、「わあっ」と声をあげて手を出し、パンにかぶりついた。

パン……、四つだけにわけたら、母の分がない。

「おかあさん、これ……。」

わたしは、のこった四分の一のパンを、さらに半分にちぎって母にさしだした。

「静江がひとりで食べたらええのに……。静江、ほな、一二の三で、いっしょに食べようか？　一二の三！」

明るくいう母といっしょに、ほんのひと切れのパンを口に入れた。

「うん？　なんや、これ？」

なんの粉《こな》がまざっているのかわからないパンは、パサパサで、おせじにもおいしいとはいえないものだった。

「こんなパンのために、大さわぎしてからに……。あは、はははは……。」

「ほんまや、おかあさん。おかしいて、しかたないわ。あははは……。」
味気《あじけ》ないきみょうなパンを食べながら、わたしが笑《わら》うと、つられて多恵子《たえこ》も克己《かつみ》も睦《むつ》生《お》も笑う。

母は、笑いながらそっと、目じりのなみだを指《ゆび》でぬぐっていた。

秋、父のいない二度目《どめ》の稲刈《いねか》り。小夜《さよ》ちゃんのおとうさんが、父のかわりにまた手をかしてくれた。明子おばさんも、母の里のおじいちゃんもてつだいにきてくれた。おじいちゃんも栄養不足《えいようぶそく》なのか、もともとまがっていた腰《こし》がさらにまがり、いつもおじぎをしているみたいに見える。

「けど、まがってるぶん、稲刈《いねか》りには具合《ぐあい》がええで。」
おじいちゃんがしわくちゃの笑顔《えがお》でいったので、みんなで声をあげて笑《わら》った。
そばで多恵子《たえこ》だけは、カマで指《ゆび》まで切ったと泣《な》きべそをかいていたのだった。

この冬も雪がよくふった。いっぱしのてつだいをしてくれるようになった多恵子と、表《おもて》の道の雪かきをした。

父がのこしてくれた木製《もくせい》の雪かきで雪をすくいながら、多恵子がブツブツいっている。なにをいっているのかと、耳をすませると、

「ライスカレー、コロッケ、すきやき、てーんぷら、おーまんじゅうに、カーステラ……。」

多恵子は、ひとかきごとに食べものの名前をつぶやいて、気をまぎらわせているのだった。それも、ぜんぶが、いまでは食べられなくなったごちそうばかりだ。

いつもおなかをすかせている人間《にんげん》に、冬の寒《さむ》さはことさらこたえる。けれども、気もちだけでも明るくなければ、生きていかれない。

わたしも、すきっ腹《ばら》に力を入れて、声を出した。

「多恵子、まだあるで……。どんぶりごはん、ミカンとリンゴ、かまぼこ、ちくわ、甘《あま》納豆《なっとう》に、キャラメル！」

「うん。キャラメル、食べたいっ！」

多恵子は、しもやけで赤くはれた手をつきあげて、そうさけんだ。

雪どけの地面《じめん》から、またスイセンの花が咲《さ》いたころだった。家の外で、ききなれない女の人の声がした。

「おねえさんっ！　だいじょうぶ？　しっかりしてっ！」

かわききらない洗濯物《せんたくもの》を、いろりのまわりにならべていたわたしは、母と顔を見あわせた。すぐに立ちあがった母といっしょに、ゲタをつっかけて外へ出てみた。

うちの土塀《どべい》のまえの道で、女の人がうずくまっている。その人をだきかかえるようにして、もうひとりの女の人が声をかけているのだった。

「おねえさんっ！」

ふたりとも、このあたりでは見かけない人だった。母は近よっていき、「どうしました？」と声をかけた。

「すみません。買出《かいだ》しにきたものなんですが、姉が気分がわるくなったみたいで……。あの、もうしわけないんですが、少しだけ休ませてやってもらえないでしょうか？」

顔をあげた妹らしい人も、とてもつらそうな顔をしていた。

母は、すぐに手をさしのべた。

「なにもないぼろ屋《や》ですけど、よかったら、どうぞどうぞ。」

見れば、ふたりとも、大きなリュックサックをせおっている。けれどもそのリュックサックに、あまり荷物《にもつ》は入っていなさそうだった。

最近《さいきん》、配給《はいきゅう》の食料《しょくりょう》だけでは食べていけない都会《とかい》の人が、田舎《いなか》へ食料を買出《かいだ》しにやってきているときいたことがあった。けれども、実際《じっさい》に会ったのははじめてだった。

母のすすめで家にあがったふたり。お姉さんは、いろりのまえに体を横《よこ》たえた。わたしは、あわててひろげていた洗濯物《せんたくもの》をかたづけた。

母がくんだ熱《あつ》い白湯《さゆ》であたたまった妹さんが、ほうっと息《いき》をはき、いった。

「すみません。姉は、二月にあかんぼうを産《う》んだばかりなんです。けれども母乳《ぼにゅう》の出がわるくて……。この村には牛飼《うしか》いさんもいるときいて、もし牛乳をわけてもらえるならと来てみたのですが……。」

この村の牛飼いさんとは、田中さんのことだ。けれども、その田中さんの牛は、とうに軍《ぐん》にさしだされて、一頭《とう》もいないのだ。

「そうですか。それは気のどくに……。」

「いいえ。牛飼いさんも気のどくがってくださって、そのかわりにと、お米をわけてくださいました。」

妹さんは、お米が入っているらしく、少しだけふくらんだリュックサックを体のそばに近づけた。

やさしい田中さんのおばさんのことだ。そうせずにはいられなかったのにちがいない。

「あの、あかちゃんのおとうさんは？」

と、母がたずねた。

「義兄《あに》はうちに養子《ようし》にきてくれているのですが、去年の夏に出征《しゅっせい》していきました。いまは、姉と母とわたしと生まれてきた姪《めい》と、女ばかりでくらしています。」

「そうですか。それで、どちらから来はったんですか？」

母がきくと、妹さんがこたえてくれた。

「京都市《きょうとし》の島原《しまばら》のほうです。」

「京都？　京都には、わたしの妹もいます。西の嵐山《あらしやま》のほうですけど……。」

母は、ここ二、三か月のあいだ、連絡《れんらく》をとりあえていない明子《あきこ》おばさんのことを案《あん》じているのだ。

「嵐山やったら、あのあたりには畑《はたけ》や田んぼも多いし、空襲《くうしゅう》されるようなこともきいたことがないし、安全《あんぜん》なんとちがいますか？」

「空襲？」

妹さんの「空襲」という言葉《ことば》に、母もわたしもおどろいた。京都にも空襲なんて、想《そう》像《ぞう》してみたこともなかった。すると、妹さんがおしえてくれた。

「あのう、うわさできいただけなんですけど、一月には京都でも東山《ひがしやま》で空襲《くうしゅう》があったそうです。何軒《なんげん》もの家がめちゃくちゃにこわれて、亡《な》くなった人が何人もいたらしいです。」

「えっ？　亡くなった人も？　新聞《しんぶん》では、敵《てき》の飛行機《ひこうき》はきたけど、被害《ひがい》はほとんどないみたいに書いてありましたのに……。」

母もわたしも、京都への空襲の話をはじめてきいて、おろおろした。それでも、明子おばさんの家からは遠いところでのことなのがわかって、少し胸《むね》をなでおろした。

「ありがとうございます。おかげさまで、らくになりました。」

しばらく体を横《よこ》にしただけで元気をとりもどせたと、ふたりはお礼《れい》をいって出ていこうとする。

「あ、ちょっと、待《ま》っとってください。」

よびとめた母は、台所《だいどころ》から卵《たまご》と新聞紙《しんぶんし》とを持《も》ってきた。それは、コッコさんが今日《きょう》産《う》んだ、ふたつだけの卵だった。

「これだけしかないんですけど、よかったら持っていってください。おかゆでも、卵をおとしたら栄養《えいよう》になるやろし。少しでも栄養をつけたら、母乳《ぼにゅう》がよう出るようになるかもしれへん。」

母は、われないように卵を大事《だいじ》に新聞紙でくるんだ。それと、軒下《のきした》にさげていた干《ほ》し大根《だいこん》もと、すすめる。

「こんなにいただいて……すみません。あの、これくらいしか交換《こうかん》してもらうものがないんですけれど、かまわないでしょうか？」

そういった妹さんは、リュックサックをおろし、とりだした風呂敷包《ふろしきづつ》みをあけて、つつんでいた着物《きもの》を見せた。

赤い花柄《はながら》のちりめんの着物《きもの》を見て、母がおどろいた。

「まあっ。こんないい着物で買出《かいだ》しをするんですか……。大事《だいじ》なもんやろうに……。あの、うちは田舎《いなか》の農家《のうか》やし、そんなきれいな着物を着ていくとこなんか、どこもありません。それに、いまはあんまり野菜《やさい》がない時期《じき》やし、ほんまにこんなもんくらいしかさしあげられへんのです。そやし、気にせんと持《も》っていってください。おたがい、主人《しゅじん》を戦地《せんち》へ送《おく》った身《み》です。どうぞ、銃後《じゅうご》の守《まも》りをがんばりましょね。」

そういった母に、ふたりの女の人は、泣《な》きださんばかりによろこんだ。

何度《なんど》もお礼《れい》をいって先に玄関《げんかん》を出たお姉さんが、「あっ！」と声をあげた。

「花！　花が咲《さ》いてる！」

お姉さんは、畑《はたけ》のはしに咲いているスイセンの花にふらふらと近づいていく。気づいた妹さんも、お姉さんのあとにつづいた。

「ほんとう。きれいな花……。」

「ねぇ。きれい……。」

わたしは、母がいまにもスイセンの花まであげてしまうのではないかと、気が気でなかった。

「あの……花、一本、持《も》って……。」

いいかけた母に、ふたりは「いえいえ」と手をふった。

「いまどき花なんてめずらしいのに、見せてもらえただけでじゅうぶんです。ありがとうございます。」

「卵《たまご》もお野菜《やさい》もいただいて、花まで見せていただいて……。おかげで元気をもらえた気がします。なんか、母乳《ぼにゅう》も出そうな気がしてきました。」

そういったお姉さんは、笑顔《えがお》まで見せた。

そしてふたりは、何度もふりかえり、おじぎをしながら帰っていった。

「おかあさん。」

わたしの声にはつい、母をせめる気もちがこめられてしまった。

「うちかて、あまってる食料《しょくりょう》があるわけやないのに、まったくしらない人にただであげるやなんて……。また来はったらどうするん？」

「そのときは、そのときや。静江《しずえ》、考えてみ。あかちゃんは、おっぱいがなかったらそだてへん。大人《おとな》やったら、おかゆでもなんでも食べられるけどなぁ。おっぱいもなしに弱っていくあかちゃんのことを考えたら、どうしようもなかった。」

母の言葉《ことば》に、わたしは胸《むね》をつかれた。頭の中に、やせほそって泣《な》いているあかちゃんのすがたがうかんだ。

「そうか……そうやね、おかあさん。あの人たち、スイセンの花を見てほめてくれはったもんねぇ。」

そうだ。こんなご時世《じせい》でも、花をきれいだといってくれる人はまだいる。花を心の栄《えい》養《よう》だと思ってくれる人はまだいるんだ。

そう思うことだけで、わたしはすくわれた気もちになった。

9 戦争《せんそう》がおわった

春。わたしは、六年間の国民学校初等科《こくみんがっこうしょとうか》を修了《しゅうりょう》して高等科《こうとうか》へ進《すす》んだ。高等科は二年。いまはこの八年間をとおして、国民学校という名でよばれている。

始業式《しぎょうしき》のために学校へ行くと、学校には見たことのない子どもがたくさんいた。えらくはしゃいで、たがやしていない校庭《こうてい》を走りまわっている子もいる。

「この子ら、なに？」

小夜《さよ》ちゃんがわたしにおしえてくれた。

「万国寺《ばんこくじ》に学童疎開《がくどうそかい》してきた、京都の学校の子たちらしい。四月からここの学校へかようんやって。」

いままでにも、親戚《しんせき》をたよって縁故疎開《えんこそかい》してきた子は何人《なんにん》かいるけれど、集団疎開《しゅうだんそかい》ははじめてだった。

「へえ。学校ごと疎開《そかい》してきたん？」

「うん。三年から六年生までだけと先生とみたい。うちだけやない、ほかの小学校には、もうたくさん学童疎開してきてるらしいわ。」

「ふうん。友だちとずっといっしょに寝泊《ねと》まりするんやね。それではしゃいでるんや。」

「けど、家からはなれて、親にも会えへんし、ほんまに楽しいんやろか？　食べるもんはどうするのやろ？」

わたしと小夜《さよ》ちゃんは、顔を見あわせた。

わたしたちは、四六時中《しろくじちゅう》いつも食べもののことばかりを考えていた。学童疎開の子が、つらい疎開生活をまぎらわすためにわざとはしゃいでいる。このときは、そこまで思いやることができないわたしたちだった。

五年生になったばかりの多恵子《たえこ》は、家に帰ってくると、疎開の子たちがいっぱいで教室がぎゅうぎゅうづめだと文句《もんく》をいった。

そんな多恵子を、母はしかった。

「多恵子、そんなことをいうもんやない。疎開の子らは、親元をはなれて、どんなにさみしい思いをしてるか、考えてみ。食べるもんにも不自由してないとええのやけど……。」

多恵子は、だまってうつむいた。

学童疎開の子たちは、空襲《くうしゅう》からのがれるために田舎《いなか》にやってきたという。三月には東京《とうきょう》と大阪《おおさか》でも大きな空襲があり、たくさんの一般人《いっぱんじん》が亡《な》くなったらしい。なにもない田舎なら、空襲にあうこともないと判断《はんだん》されて、ここが疎開先にえらばれたようだ。

けれども、そんな安心《あんしん》はすぐにくだかれることになった。

昼前の授業《じゅぎょう》中《ちゅう》。先生が黒板《こくばん》に書いた数式《すうしき》を、帳面《ちょうめん》に書きうつしているときだった。

「警戒警報発令《けいかいけいほうはつれい》！　警戒警報発令！」

教頭先生が、さけびながらろうかを走った。

一瞬《いっしゅん》にして教室内に緊張《きんちょう》がひろがり、みんながざわついた。

「みなさん、おちついて。帰宅《きたく》の用意《ようい》をしてください。」

先生の声に、みんなはいっせいに荷物《にもつ》をカバンへしまって、防空頭巾《ぼうくうずきん》をかぶった。

警戒警報が出たら、すみやかに家に走り帰ること。それは、いままで何度《なんど》もくりかえし練習《れんしゅう》してきたことだった。それでもわたしたちは、本番《ほんばん》の日が来るとは思ってもいなかった。

ほどなく、町のサイレンがけたたましく警戒警報《けいかいけいほう》をつげた。

ウウウ――――。

「みなさん、練習《れんしゅう》を思い出して、秩序《ちつじょ》を守《まも》って、いそいでください。」

先生の声をききながら、小夜《さよ》ちゃんといっしょにいそいで外へ走りでた。校庭《こうてい》へ出たところで多恵子《たえこ》を見つけた。

われ先にと子どもたちがおしあう中に、あたふたとまわりを見ている多恵子がいた。

「多恵子、はやく!」

わたしは、多恵子の手をにぎって、家までの道を必死《ひっし》に走った。

家では、防空頭巾《ぼうくうずきん》を背中《せなか》にまわした母が、克己《かつみ》と睦生《むつお》を両《りょう》わきにかかえて、ラジオのまえにすわっていた。

「あ、静江《しずえ》も多恵子も、帰ってこられたんや。よかった。警戒警報が空襲警報《くうしゅうけいほう》になったら、防空壕《ぼうくうごう》へ逃《に》げよと思って、ラジオをきいてたとこやった。」

わたしは、母の顔を見た安堵《あんど》の思いに、その場にへなへなとすわりこんでしまった。

わたしたちは、それから何度《なんど》も、警報のサイレンの鳴る中、学校から家までの道を走ることとなった。

あるときは、校庭《こうてい》での竹槍訓練《たけやりくんれん》のあいだに警報が鳴りはじめ、竹槍を持《も》ったまま家まで走って帰って、母たちをおどろかせたこともあった。

何度も警報が出るだけですぐに解除《かいじょ》になるので、そのうちなれっこになってしまった。

わたしは、その夏もユウガオをそだてた。去年《きょねん》にとっておいた種《たね》から芽《め》を出させて、本葉《ほんば》からツルがのびてきたユウガオを、竹垣《たけがき》の下に植《う》えた。

戦争《せんそう》がおわらなくても、父がいなくても、なにもなくても、季節《きせつ》はうつる。

ユウガオが咲《さ》いたら、きっと父が帰ってくる。わたしはいつか、そう自分でしんじこんでいたのだ。

わたしの気もちがつうじたかのように、ユウガオは毎夕花をひらかせるようになった。

七月のおわりごろだった。朝、警戒警報のサイレンが鳴りひびいた。

それでも警報になれっこになっていたわたしは、多恵子といっしょに井戸《いど》ばたで洗濯《せんたく》をつづけていた。すると、警戒警報はすぐに空襲警報にかわったのだ。

ウゥ――、ウゥ――、ウゥ――……。

「静江。多恵子も、はやく!」

克己《かつみ》と睦生《むつお》をだきかかえるようにして、母は家からとびだしてきた。わたしも多恵子《たえこ》も、洗濯物《せんたくもの》をそのままにして、裏山《うらやま》の防空壕《ぼうくうごう》へいそいだ。克己と睦生の手をひいて、母も走る。

裏山に掘《ほ》った防空壕の中は、冬はあたたかく、夏は涼《すず》しい。母とわたしたちきょうだいの五人。かたをよせあっていても暑《あつ》さはなにも感《かん》じない。五人で手をにぎりあった。

「空襲《くうしゅう》、あるんやろか?」

「アメリカの飛行機《ひこうき》、来てるんやろか?」

防空壕から外を見あげても、青い夏空が見えるだけだ。

裏庭の柿《かき》の木でアブラゼミが鳴いている。柿の木は、葉《は》をしげらせて青い実をたくさんつけている。

「空襲警報解除《くうしゅうけいほうかいじょ》! 空襲警報解除!」

メガホンで警報解除をさけんでまわる声が、遠くきこえた。

母は、「ふうーっ。」と大きく息《いき》をはいた。

警戒警報《けいかいけいほう》のサイレンはつぎの日も、午前にも午後にも鳴った。けれども空襲警報には

ならなかったので、防空壕《ぼうくうごう》には入らなかった。

空襲《くうしゅう》の実態《じったい》がわかったのは、そのまたつぎの日のことだった。

家族分《かぞくぶん》のメザシをもらうために公会堂《こうかいどう》で配給《はいきゅう》を待《ま》っていると、走ってきたおばさんが息をきらせていった。

「きのうと、おとついと、舞鶴《まいづる》で空襲があったらしい。舞鶴工廠《こうしょう》へ爆弾《ばくだん》がいっぱいおとされて、たくさん亡《な》くなったそうや。」

配給にあつまっていた人たちは、「舞鶴……。」「やっぱり舞鶴やったんや……。」と、口々につぶやいた。

舞鶴には、海軍《かいぐん》の大きな工場があり、舞鶴港《まいづるこう》には軍艦《ぐんかん》も停泊《ていはく》している。それが空襲でやられたとしたら、たいへんな被害《ひがい》だ。

「舞鶴、だいじょうぶやろか……。」

舞鶴に親戚《しんせき》がいるという人が、心配《しんぱい》そうにつぶやいた。

空襲で、たくさんの人が亡くなった……？

それも、そう遠くもない舞鶴で……？

その後とどいた新聞《しんぶん》に、空襲の記事《きじ》がのっていた。

「……敵小型機約《てきこがたきやく》二三〇機、数次《すうじ》に分かれ舞鶴地区に来襲し……被害極《きわ》めて軽微《けいび》なり。」

二三〇機《き》もの飛行機がやってきて、それでも被害はかるいといっているのだ。

「いっぱい亡くなったそうやって、いうてはったのに……。」

わたしには、なにがほんとうなのかわからない。

それでも、空をおおいつくすほどの数の飛行機でやってくる敵に対《たい》して、竹槍《たけやり》がどれほどの効果《こうか》をあげるのか、考えるとおそろしく、不安《ふあん》でたまらない気もちになった。

広島《ひろしま》と長崎《ながさき》に新型爆弾《しんがたばくだん》（原子力爆弾《げんしりょくばくだん》）がおとされたのは、それから何日《なんにち》もたたないときだった。

そして、八月十五日。

村中にまわった至急《しきゅう》の回覧板《かいらんばん》によると、天皇陛下《てんのうへいか》より重大発表《じゅうだいはっぴょう》があるので、つつしんでラジオをきくように、とのことらしい。

うちにはラジオはあるものの、すぐ裏手《うらて》に山があるせいか、電波《でんぱ》が入りにくいときがある。家でラジオがききにくいものは、公会堂《こうかいどう》にあつまって、みんなでラジオをきくように、とのことだった。

正午まえ、家族《かぞく》みんなで公会堂《こうかいどう》へ行った。公会堂にはもう、すでにたくさんの人がつめかけていた。

公会堂の広間《ひろま》。机《つくえ》の上におかれたラジオのまえに、みんなが正座《せいざ》をした。そしてはじまった玉音放送《ぎょくおんほうそう》。あつまったみんなは、天皇陛下《てんのうへいか》のお言葉《ことば》をひとこともききのがさないように耳をすませた。

小さな睦生《むつお》まで、まわりの雰囲気《ふんいき》をさっしてか、じっとおとなしくしている。

天皇陛下のおっしゃることは、むずかしすぎてよくわからない。わたしは、神《かみ》さまのように思っていた天皇陛下が、ふつうに大人《おとな》の男の人の声をなさっていることに、不思《ふし》議《ぎ》な気がしていた。

玉音放送がおわっても、大人たちはしばらくだまったままだった。

多恵子《たえこ》が不安《ふあん》そうに母にきいた。

「おかあさん、放送、なんやったん？」

見ると、母はすうっとほほになみだをつたわせていた。

「……戦争《せんそう》が、おわったらしい……。」

大人たちでも、半分くらいの人はよくわかってないようで、

「わたしは、来たるべき本土決戦《ほんどけっせん》にむけて、もっとがんばりましょう、そうおっしゃったのかと思った。」

そんなふうにいうおばさんもいた。

でも、ほんとうに戦争はおわったのだった。

大人たちはみんな、たましいのぬけたような、ぼうっとした顔をしていた。

声をあげて泣《な》いているおじいさんもいた。

戦争がおわった……。

ほんとうにおわった……。

そしたら、そしたら、おとうさんが帰ってくる。

わたしは、うれしかった。

おとうさんが、帰ってくる……。

10 おばあちゃんがのこしたもの

「おとうさん……。」「おとうさん……。」

わたしの声に、おばあちゃんの声がかさなった。それで目がさめた。

目ざめたままの、ぼうっとした頭で考える。

ここは？　ここは病院《びょういん》だ。

白い天井《てんじょう》は、おばあちゃんの病室の天井。

わたしが体を横《よこ》にしているのは、ソファーベッド。

わたしは、おばあちゃんの入院している病室に泊《と》まりこんでいるのだった。

わたしたちがおばあちゃんといっしょにいられる時間は、もうのこり少ないらしい。

おばあちゃんがさみしくないように、病室には、つねに家族《かぞく》や親戚《しんせき》のだれかがいるようにしている。

父も、会社帰りにそのまま病室に泊まることがある。つかれた父にかわって、母も泊まるし、親戚のおばさんが泊まりこんでくれる夜もある。

おばあちゃんは、自分の病気のことをわかっているのかいないのか、「わたしの部屋《へや》は、いつもにぎやかやなあ。」と、笑《わら》っている。

きのうは土曜日だったので、わたしもひと晩《ばん》おばあちゃんの部屋で寝《ね》てみたいと自分からいって、今朝《けさ》はここで目がさめたというわけだ。

「花？　目がさめましたんかいな？　おはようさん。」

ベッドに横たわっているおばあちゃんが、わたしに手をのばしてきた。しわしわの手首が、少しほそくなったように見える。

「おはよう、おばあちゃん。おばあちゃん、さっき、『おとうさん』って、寝言《ねごと》でいってなかった？」

「そうか。いってたかもしれへんなあ。なんか、長い長い夢《ゆめ》を見てたさかいなぁ。けど、花も寝言いうてたで。『おとうさん』て。」

そうかぁ、そうだった。おばあちゃんにいわれて、思い出した。

わたしも、長い夢を見ていたのだった。わたしが、また七十年まえのおばあちゃんになっている夢《ゆめ》。不思議《ふしぎ》な夢。

それなのに、夢ってどうしてこんなにあやふやなものなのだろう？　おばあちゃんにいわれなければ、目がさめたとたん、もう思い出せなかったかもしれない。

「おばあちゃんが見ていた夢って、戦争中《せんそうちゅう》のこと？　おばあちゃんがわたしくらいの年だったときのことなの？」

おばあちゃんは「そうやなぁ。」といい、どこか遠いところを見ているような目をする。

「あんなひどい時代《じだい》の夢なんか見たくもないけど、おばあちゃんは、自分のおとうさんに会いたくても、もう夢の中にしか出てきてくれへんもんなぁ。あの時代の夢を見いひんかったら、会われへんもんなぁ……。」

「だからさっき、寝言《ねごと》で『おとうさん』っていってたのね？」

おばあちゃんは、ちょっとはずかしそうにかたをすくめた。

「おばあちゃんのおとうさんって、やさしい人だったんでしょう？」

「そうや。ほんまにやさしい人やった。花が好きで、いつもわたしら家族《かぞく》のために一生懸命《いっしょうけんめい》にはたらく人やった……。」

「そうだね……。」

わたしにとっては、ひいおじいちゃん、福太郎《ふくたろう》さんはほんとうにやさしい人。

それは、わたしもわかる。夢で見たこと、ところどころはちゃんとおぼえている。

もしかしたら、わたしが見ていた夢とおばあちゃんの夢はおなじだったりして……？

「ねえ、おばあちゃん。ひいおじいちゃんは、戦争《せんそう》から帰ってきたの？」

おばあちゃんは、ゆっくりとくびを横《よこ》にふった。

「昭和《しょうわ》二十年の八月十五日、出征《しゅっせい》していってから二年……戦争はやっとおわった。日本は負けたんや。けど、わたしは、ほんまはうれしかった。『戦争がおわった。そしたら、おとうさんが帰ってきはる。』そう思ったら、うれしくてなあ。けど……。」

「けど？」

「新聞《しんぶん》の記事《きじ》に、『復員船《ふくいんせん》だより』があってな。帰ってくる兵隊《へいたい》さんをのせた船《ふね》が日本につくたびに、新聞におしらせがのるんや。もしかしたら、この船でおとうさんが帰ってくるかもしれへん。そう思って、『復員船だより』を見るたび、おかあさんは、夜も裏口《うらぐち》のカギをしめずにいたんや。いつおとうさんが帰ってきてもいいように、白いごはんを炊《た》いて、待《ま》って、待って、待って……。」

おばあちゃんの声は、だんだんと小さくなった。

「おばあちゃん、どうしたの？　どこか、つらいの？」

おばあちゃんは、「だいじょうぶ。」といい、また言葉《ことば》をつづけた。

「わたしは、終戦《しゅうせん》の年の夏も、花をそだてた。おとうさんが好きやったユウガオの白い花を咲《さ》かせたんや。まえの年にとっていた種《たね》から芽《め》を出させて、毎日水をやってそだてた。ユウガオの花あかりを見て、おとうさんが帰ってくるようにて……。」

そこまでいって、おばあちゃんは少しせきこんだ。

「コホ、コホ、コホ……。」

「おばあちゃん。だいじょうぶ？」

病室《びょうしつ》のドアがノックされた。すうっと、入口のドアがひらいて、看護師《かんごし》さんが入ってくる。

「草野《くさの》さん、おはようございます。ご気分はいかがですか？　点滴《てんてき》、かえましょうね。」

看護師さんは、手なれたようすで、からっぽになったビニールの点滴ぶくろを、あたらしいものと交換《こうかん》する。

「はい。おおきに、ありがとうございます。」

おばあちゃんは、いつもかならずお礼《れい》をいう。

「草野さんは、いつもありがたがってくださるから、お世話《せわ》のしがいがありますね。」

看護師さんは笑顔《えがお》でそういうと、病室から出ていった。

「花。わたし、朝ごはんまで、もうちょっとだけ寝《ね》るわね。」

看護師さんがやってきたのをころあいに、おばあちゃんは話をやめてしまった。しゃべりつかれたのかもしれない。

わたしは、背《せ》をたおしていたソファーベッドをなおして、おばあちゃんを見る。

ベッドに横《よこ》たわって目をとじているおばあちゃん。顔色はずっとからし色になっている。目はおちくぼみ、そめていない髪《かみ》はまっ白いままだ。

おばあちゃんが遠いところへ行かないように、ひとりで行ってしまわないように……。

わたしは、ふとんの上でくんだおばあちゃんの手を、そっとさすった……。


お昼まえになったら、里美《さとみ》おばさんと母が、病室に来た。里美おばさんは、父の弟の茂《しげる》おじさんの奥《おく》さんだ。

「花ちゃん、ごくろうさま。あとはわたしがみてるから、花ちゃんとおねえさんはおうちに帰ってね。」

里美おばさんがそういってくれたので、わたしと母は家に帰ることにした。

家には、日曜日で仕事《しごと》が休みの父がいた。

「花、ごくろうさん。庭《にわ》の花の水やりはとうさんがしておいたから、だいじょうぶだよ。」

そういう父は、部屋《へや》に掃除機《そうじき》をかけている。

おばあちゃんが病気《びょうき》になるまえは、父はこんな人じゃなかった。家事《かじ》をてつだっている父なんて、いままでほとんど見たことがなかった。

それが、いまではみずから体をうごかしている。

「おとうさん、ありがとうね。」

母は、冷蔵庫《れいぞうこ》から麦茶《むぎちゃ》ポットを出し、三つのコップに麦茶をつぎわけた。母からコップをひとつうけとって、わたしはリビングのすみでノートパソコンをひらいた。

少し自分で調《しら》べてみたいと思ったからだ。おばあちゃんの病気のこと、戦争《せんそう》のこと、空襲《くうしゅう》のこと、それも京都でなんて……。それから、復員《ふくいん》ってどういう意味《いみ》なのか……。

電源《でんげん》を入れ、たちあがったパソコンのデスクトップに、いくつかのショートカットアイコンがならんでいる。その中のひとつに、わたしの目がとまった。

「父の出征《しゅっせい》……？」

あっ、と思った。これは、「ちちのしゅっせい」と読むのだろう。たぶん、いやきっと、おばあちゃんだ。

カーソルを合わせて、ダブルクリックした。おばあちゃんの書いたものをかってに見ることになるけれど、いけないとは思わなかった。

おばあちゃんにパソコンでの書き方をおしえてあげていたときは、ほとんど興味《きょうみ》もなかったのだけれど、いまは見てみたいと思った。見ずにはいられなかったのだ。

「……おばあちゃん、すごい。ちゃんと保存《ほぞん》してる。」

おばあちゃんは、わたしがおしえたとおり、縦書《たてが》きで文章《ぶんしょう》を書いていた。

父の出征

草野静江《くさのしずえ》

母は、夏をとてもきらっていました。父が出征していったのも、公報《こうほう》がとどいたのも、夏のことでした……。

そんなに長くはない、淡々《たんたん》とした文章《ぶんしょう》がつづいている。わたしは、読みながら父をよんだ。

「おとうさん、ちょっと来て。これ、おばあちゃんが書いたの。おとうさんのおじいちゃんのことでしょ？　ねぇ、読んであげて。」

わたしのそばに来た父が、「なんだ？」と、顔をよせてパソコンをのぞきこむ。

「これ、おばあちゃんが書いたのか？　花におしえてもらって？　へえ……。」

父の目は、じっとパソコンの文字《もじ》を追《お》っている。そこには、おばあちゃんがきっとポツポツと書いたであろう、「父の出征《しゅっせい》」の当時《とうじ》のことが書かれていた。

田舎《いなか》の夏祭《なつまつ》りの花火大会の日に、ひいおじいちゃんの福太郎《ふくたろう》さんに赤紙《あかがみ》がとどいたこと……。

福太郎さんが、どんなにか家族《かぞく》思いでやさしい人だったかということ……。

のこされた家族の戦争中《せんそうちゅう》のくらしのこと……。

おばあちゃんが福太郎さんのために、ずっと花の世話《せわ》をつづけていたということ……。

そこには、おばあちゃんたち家族がすごした日々のことが、ていねいにつづられていた。

父といっしょに読みながらわたしは、（あっ、しってる！）と、そう思ったことに自分でおどろいていた。

おばあちゃんの病室《びょうしつ》で見た夢《ゆめ》。あやふやだった夢のことが、はっきりと思いだされてきた。

わたしは、夢の中でひいおじいちゃんの福太郎さんに会ったのだ。

出征していく福太郎さんを、子どものころのおばあちゃんになって見送《みおく》ったのだ。

「かあさん……。」

となりで、父がつぶやいた。

「こんなものを書いていたなんて……まるで遺言《ゆいごん》みたいに……。」

そういって、父は言葉《ことば》につまった。

母も、キッチンからやってきて、パソコンの画面《がめん》をのぞく。

「おかあさん、すごいわね。」

母は、なにもいわずにおばあちゃんの文章を読みかえす、父の背中《せなか》に手をおいた。

「おかあさん、つたえたかったんでしょうね。久和《ひさかず》さんや花に、つたえたかったんでしょうね。」

父は、うんうん、とうなずいた。

……戦争《せんそう》がおわって、父が帰ってくる。きっと帰ってくるとしんじて、家族《かぞく》で待《ま》っていました。

けれども、秋になっても、冬になっても、春になっても、父はまだ帰ってきませんでした。

また夏が来て、わたしはその年もユウガオをそだてました。

戦争がおわって、灯火管制《とうかかんせい》もなくなって、夜にどうどうとあかりをともせるようになりました。

父は、夜でも花あかりをたよることなく帰ってこられるだろうけれど、わたしはユウガオをそだてました。

父が好きだった花をそだてて、「きれいやなあ」と、父にほめてほしくて、ユウガオの花をそだてました。

けれども、いくら待っても、父は帰ってきませんでした……。

読んでいた父が、大きく、「ふうーっ。」と息《いき》をはいた。

「かあさんったら、もっとうまく書いたらいいのに。『帰ってきませんでした』だって。『つ』が大きいままじゃないか。」

そういう父の目が、なみだでうるんで赤くなっている。

「ねえ、おとうさん。福太郎《ふくたろう》さんは、いつ亡《な》くなったの？」

「えっ？　花、それ、ひいおじいちゃんのことか？」

父は、わたしがひいおじいちゃんを名前でよんだのが、意外《いがい》だったらしい。

わたしは、「あ、うん。まあね……。」とだけへんじしておいた。夢《ゆめ》で子どものときのおばあちゃんになって、福太郎さんに会ったなんて……。説明《せつめい》するのがちょっとややこしく思ったのだ。

父はわたしにおしえてくれた。

「死亡公報《しぼうこうほう》では、ひいおじいちゃんが亡くなったのは、昭和《しょうわ》二十年九月六日となっていたそうだ。それも、公報がとどいたのは、二十一年九月。亡くなって一年後に、やっとしらせがとどいたんだ。」

「亡くなって、一年もたってから？」

「そうだ。おばあちゃんたちは、なにもしらずに一年間待っていたんだ。」

わたしは、思った。そのときのおばあちゃんや、ひいおばあちゃんたちの気もちを、思った。

戦争《せんそう》がおわって、福太郎《ふくたろう》さんが帰ってくるとしんじて、毎日待《ま》ちつづけていたおばあちゃんたちは、どんな気もちだったのだろう。

今日《きょう》か明日《あす》かと毎日待ちつづける気もちは、どんなだっただろう。

一年もまえに、福太郎さんが亡《な》くなっていたこともしらずに……。それは、考えるだけでつらかった。

「亡くなったのは、どこ?」

「ボルネオらしい。」

「……ボルネオ? おとうさん、ボルネオって、どこの国? どこにあるの?」

「花、調《しら》べてごらん? ボルネオがどこにあるのか。」

「うん。そうだね。」

わたしは、パソコンのおばあちゃんの文章《ぶんしょう》をいったんとじて、インターネットでボルネオを調べてみることにした。

「ボルネオ……。」

検索結果《けんさくけっか》から、ボルネオは国の名前ではなく、東南《とうなん》アジアの島《しま》だということがわかった。

南半分がインドネシアで、北はマレーシア、その中にブルネイなんていう国の領土《りょうど》も小さくある。

島といっても大きくて、面積《めんせき》だけでいうと、日本の二倍《ばい》近くもある。空からの地図で見ると、ほとんどが緑色《みどりいろ》で、自然《しぜん》がいっぱいみたいだ。

「ひいおじいちゃんって、こんな遠くの島で戦死《せんし》したんだ……。」

「花。ひいおじいちゃんは、戦死じゃないんだ。病気《びょうき》で亡くなったことになっていて、そういうのは、戦病死《せんびょうし》というんだ。でも、あとでわかったことだけれど、ほんとうの死因《しいん》は病気じゃなかっただろうな。」

「え？　おとうさん、それって、どういうこと？」

「かあさんの弟の克己《かつみ》おじさんがいっていた。もう何年かまえのことだけれど、克己おじさんは、戦没者慰霊《せんぼつしゃいれい》の旅《たび》が企画《きかく》されたときに、それに参加《さんか》してボルネオに行ったんだって。そのときに関係者《かんけいしゃ》からおしえてもらったそうだ。ボルネオで終戦《しゅうせん》になって、アメリカ軍《ぐん》の船《ふね》が上陸《じょうりく》してせめてくると思った日本軍《にほんぐん》は、島《しま》の奥《おく》へと逃《に》げたそうだ。」

「島《しま》の奥《おく》？」

「ボルネオの地図を見てごらん。ボルネオは緑《みどり》の島だ。いまでもそうなんだから、当《とう》時《じ》はジャングルばかりだっただろう。こんなに大きな島なのに、日本軍の兵隊《へいたい》さんたちは、ジャングルの奥へ奥へと逃《に》げたんだって。何日も、何日も……。食べものもなく、とうぜん、体が衰弱《すいじゃく》して、つぎつぎとたおれていったそうだ。」

「じゃあ、ひいおじいちゃんも……？」

「ああ……。」

なんということだろう……。

考えるだけでつらくて、わたしはなにもいえなくなってしまった。

福太郎《ふくたろう》さんは、そんな遠くの、ジャングルの中でたおれて、亡《な》くなってしまったんだ。

「どんなにか、日本に帰りたかっただろうにね……。」

パソコンの写真《しゃしん》で見るかぎり、ボルネオはいまでは、ゆたかな自然《しぜん》にふれられる観光《かんこう》の島になっていて、とてもきれいなホテルがいくつもある。

けれども、七十年もまえはなにもないジャングルの島だったことだろう。

父は、パソコンを操作《そうさ》して、またおばあちゃんの文章《ぶんしょう》を見ている。

「『父の出征《しゅっせい》』なんて……。かあさん、自分の病気《びょうき》のこと、さとってるのかもしれない。だから、これを書いておこう、のこしておこうとしたのかもしれない。」

わたしは、病室にいるおばあちゃんを思った。

戦争《せんそう》がおわったとき、おばあちゃんは十三歳《さい》だった。いまのわたしと一歳しかちがわない。そんな「しーちゃん」が、父のいない家をどうやって守《まも》ったのだろう……。

「おばあちゃん、きっと苦労《くろう》したんだろうね。」

わたしがいうと、父がおしえてくれた。

「おばあちゃんは自分で、『わたしは、高等《こうとう》小学校しか行っていない』って、いっていただろう?」

そうだ。まえにそんなこともいっていた。そのときわたしは、昔《むかし》のことがよくわからなかったので、なんとも思わずにきいていたのだった。

「国民学校《こくみんがっこう》の高等科をおえてすぐ、おばあちゃんは家を守るためにはたらきに出たそうだ。それから電話交換手《でんわこうかんしゅ》になり、ずっとはたらいて、おじさんたちを高校までやって、三十歳をすぎたころに、おじいちゃんと出会って結婚《けっこん》したんだそうだ。」

「そう……。そして、おとうさんが生まれて、いま、わたしがいる……。」

十三歳《さい》の「しーちゃん」は、父のいない家を守《まも》るためにずっとはたらいて、強くなったのだ……。

もし、それがわたしだったら、いったいなにができるのだろう……?

わたしは、「若《わか》いときのきたえ方がちがうからね。」そういっていたおばあちゃんの言《こと》葉《ば》を、いまさらながら、思い出した。

11 いってらっしゃい、おばあちゃん

再入院《さいにゅういん》してから、まだひと月くらいなのに、おばあちゃんの病状《びょうじょう》はどんどんわるくなる。

微熱《びねつ》がずっとつづいて、薬《くすり》のせいなのか一日中ほとんどの時間、おばあちゃんはねむっている。

今日《きょう》も、わたしは放課後《ほうかご》に、ランドセルをせおったまま病院《びょういん》へ行った。

病室のひき戸に手をかけて、そっと横《よこ》にあける。ねむっているおばあちゃんを起《お》こしたらかわいそうだ。

おばあちゃんのベッドのそばには、母がいた。

「あ、花。お帰りなさい。おばあちゃんは、いまは起きていらっしゃるわよ。」

「おばあちゃん？」

体を横《よこ》にしたおばあちゃんが、うっすらと目をあけた。

「あぁ、花。お帰り。」

おばあちゃんの声は小さく、かすれている。

「ただいま、おばあちゃん。今日《きょう》は気分はどう？　ちゃんとごはん、食べた？」

おばあちゃんは、ふっと口もとをゆるめる。

わたしにこたえたのは、母だった。

「おばあちゃん、食欲《しょくよく》がなくてね。なにも食べられないっていって、ヨーグルトとオレンジゼリーだけね。」

「そうなんだ……。」

背《せ》を起《お》こしたソファーベッドに腰《こし》かけている母のとなりに、わたしもすわった。

「花……。」

おばあちゃんが、わたしをよんだ。

「おばあちゃん、なーに？」

「あ、あのね。家から持《も》ってきてほしいもんがあるんよ。」

「持ってきてほしいもの？」

おばあちゃんは、ゆっくりうなずく。

「うん。あのね、指輪《ゆびわ》となな、ブローチ。」

「指輪？　あ、おじいちゃんが買《か》ってくれたんだっていう、指輪？」

おばあちゃんは、指輪なんてほとんどつけない。けれどもときどきは、鏡台《きょうだい》のひきだしから出したパールの指輪を、左手の薬指《くすりゆび》にはめてじっと見ているのを、わたしはしっている。

その指輪は、おじいちゃんが銀婚式《ぎんこんしき》のお祝《いわ》いだといって、買ってくれたものだそうだ。

「指輪はわかったけど、ブローチって？　どんなブローチ？」

わたしには、おばあちゃんのブローチを見たおぼえがない。

「鏡台のなな、まんなかの上のひきだし。その奥《おく》のほうに、ブローチが入ってるんや。桐《きり》のな、木彫《きぼ》りのユウガオのブローチ。けど、金具《かなぐ》をつけてないし、ただの木彫りのユウガオに見えるやろうけど……。」

「ユウガオ……。」

わたしは、（あっ！）と思った。

木彫りのユウガオのブローチ。

わたしは、それをしっている。

きっとそれは、出征《しゅっせい》していく福太郎《ふくたろう》さんが、おばあちゃんのためにつくってくれた、おきみやげだ。

「わかったよ、おばあちゃん。おじいちゃんの指輪《ゆびわ》と、ユウガオのブローチね。それを持《も》ってきたらいいのね。」

おばあちゃんのために、すぐに持ってきてあげようと、わたしは立ちあがった。

おばあちゃんの部屋《へや》のひき戸をそっとあける。カーテンをとじたままの部屋は、うす暗い。

おばあちゃんという主《ぬし》のいない部屋は、なんだかしんとつめたく、よそよそしい感《かん》じがする。

鏡台《きょうだい》のまんなかにある鏡《かがみ》の下のひきだしをあけた。

そこにあった赤いビロードの小箱《こばこ》。パールの指輪が入っているはずだ。

そして、その奥《おく》に、木彫《きぼ》りのユウガオのブローチがあった。

「ユウガオだ……。」

福太郎さんのユウガオだ。

福太郎さんが出征まえに木彫りしたユウガオ。七十年もの長い年月をへだてて、いま、ここにある。

おばあちゃんは、ずっと大切に持《も》っていたんだ……。

わたしは、すぐにおばあちゃんにとどけたくて、指輪の箱と木彫りのユウガオを持って病院《びょういん》へもどった。

「おばあちゃん。」

とろとろとねむっていたおばあちゃんが、うっすらと目をあけた。

「あぁ。また子どものときの夢《ゆめ》を見てた……。」

「また夢？　しーちゃんの夢？」

「しーちゃん」は、おばあちゃんが子どものときのよび名だ。

おばあちゃんは、「ふふっ」と目をほそめる。

「しーちゃん、なにしてたの？」

そうきくと、おばあちゃんは、にっこりとほほえんだ。

「夢の中で、笑《わら》ってた。おかあさんや、多恵子《たえこ》や、克己《かつみ》や、睦生《むつお》といっしょに、楽しそうに笑《わら》ってた。」

わたしは、つらい夢《ゆめ》でなくてよかったと思った。

つらいことばかりでなく、「しーちゃん」が楽しかったときもあってほしい。

「おばあちゃん、はい。指輪《ゆびわ》とブローチ、これでよかった？」

「ありがとう、花。」

おばあちゃんは、うけとった指輪を指にはめて、木彫《きぼ》りのユウガオは、手ににぎりしめた。

「おばあちゃん。そのユウガオ、金具《かなぐ》をつけて、ほんとのブローチにしてあげようか？」

ブローチの金具は手芸用品店《しゅげいようひんてん》に売《う》っている。それをボンドでくっつければブローチができるのは、わたしでもしっている。

けれども、おばあちゃんは、ゆっくりとくびを横《よこ》にふった。

「花、ありがとう。でも、このままでええの。おとうさんと約束《やくそく》したもん。帰ってきたら、ブローチにしてもらう約束したもん。そやから、ええの。このままで持《も》っていくの。」

「約束したもん」と子どもみたいにいって、おばあちゃんはほほえんだ……。

（おばあちゃん、ユウガオの花がおわったよ……。）

今年《ことし》は、おばあちゃんのかわりに、わたしがユウガオの花の種《たね》をとっておいた。来年の春になったら、種から芽《め》を出させてそだてよう。

おばあちゃんがのこした庭《にわ》の花は、できるだけわたしが世話《せわ》をしていこう。

だれかにいわれたからじゃない。わたしがそうしたいから、そうするだけだ。

おばあちゃんは、わたしにつたえようとしたんだと思う。

おばあちゃんの花への思い。

そのおばあちゃんの思いが、わたしにあの夢《ゆめ》を見させた……きっとそうだ。

福太郎《ふくたろう》さんがのこした木彫《きぼ》りのユウガオは、おばあちゃんのお棺《かん》の中に入れてあげた。

「おばあちゃん、いってらっしゃい。」

わたしは、そういって、おばあちゃんを見送《みおく》った。

おばあちゃんは、いまごろきっと、福太郎さんやみんなに会っていることと思う。

ユウガオのブローチを持《も》って、うれしそうに笑《わら》っているのだろう。

福太郎さんは、おばあちゃんを見て、なんていうだろう。

がんばった「しーちゃん」を、きっとほめてくれるよね……。

わたしの名前は「花」。
そう、おばあちゃんが名づけてくれた。

あとがき

わたしの母は、昭和《しょうわ》八年生まれでした。昭和二十年八月、戦争《せんそう》がおわったときは、小学校を出てまもない、十二歳《さい》だったそうです。

戦後七十年のとき、わたしは母を思いました。十二歳の母は、そのときなにを思ったのでしょう。出征《しゅっせい》していったままの祖父《そふ》を待《ま》って、母は、祖母は、どうやって戦後を生きぬいてきたのでしょうか。

きいてみたくても、祖母はもちろん、母も亡《な》くなって何年もたっています。

そんなとき、その時代を書いてみませんか、とお声がけをいただきました。一年あまりまえのことです。ねがってもないうれしさに、胸《むね》がふるえました。

しかし、心ははやっても、わたしも戦後何年もたってからの生まれです。まずは戦争のこと、その時代のことを調《しら》べることからはじまりました。すると、文献《ぶんけん》や資料《しりょう》を読みこむほどに、いろんなことがわかってきました。被害《ひがい》は少ないときいていた京都にも空襲《くうしゅう》があり、多くの犠牲者《ぎせいしゃ》が出たことまで……。そして、これでもかとばかりに、理不尽《りふじん》な戦争の悲惨《ひさん》さを目《ま》のあたりにして、心がふさがれることがつづきました。

それでも書くことができたのは、はじめに「花禁止令《はなきんしれい》」のことを提示《ていじ》して、「これをひとつのテーマに」とすすめてもらっていたからです。戦時中は、花を愛《め》でることさえ禁止されていたのです。

「花はえらいなぁ。となりにどんな花があっても、自分は自分の花を咲《さ》かせるんやさかい……。」これは、わたしの母の言葉《ことば》です。花を愛《あい》していた母は、花のない時代をどうすごしたのでしょうか。

祖母を思い出すとき、祖母はいつも笑顔《えがお》です。つらい時代を生きぬいてきてそこにいただろうに、いつも祖母はわたしたちには笑顔でいました。祖母のその強さは、いったいどこからきているのでしょうか。

書きあぐねていたわたしの背中《せなか》をおしてくれたのは、そんな母と祖母の思い出でした。この作品を見せたら、ふたりはなんといったでしょうね。「こんなんしとったかねぇ……。」そういって、おかしそうに笑《わら》うことでしょうね。でも、てれながらもきっと、「よう書いたねぇ。」と、ほめてくれると思います。

作中の静江《しずえ》とおなじく、家の事情《じじょう》で高等小学校までしか行けなかった母は、もっと勉強《べんきょう》して学校の先生になりたかったと語っていました。そんな思いをわたしにかさねていたのか、わたしが児童書作家として歩きはじめたことを、母はことのほかよろこんでいました……。

そんな母がのこしていた、ただひとつの随筆《ずいひつ》が、「父の出征《しゅっせい》」でした。作中のものより、もっと短くたどたどしい文章《ぶんしょう》なのですが、祖父《そふ》の出征時のようすをつたえてくれる、よりどころになりました。

そして今年《ことし》は、戦後《せんご》七十二年をむかえます。それでも作中では、わたしのわがままで、書きたいと思いをおこした当時の、戦後七十年でのことにしてもらっています。

登場人物《とうじょうじんぶつ》や細《こま》かなエピソードはわたしの筆《ふで》による創作《そうさく》ですが、史実《しじつ》はすべて実際《じっさい》に起《お》こったことです。花を禁止《きんし》されたことも、学童疎開《がくどうそかい》も、京都に大きな空襲被害《くうしゅうひがい》があったことも……。

長い歴史《れきし》の中では、ほんの七十年あまりまえです。そこに、きびしい時代を懸命《けんめい》に生きた人々がいたのです。母がいて、祖母がいて、今も南洋のジャングルにねむっているだろう祖父がいて、その命《いのち》がわたしにつながり、わたしはふたりの息子《むすこ》たちにつなげました。

この本を読んでくださったみなさんも、きっとそんな命のつながりで生まれてこられたはずです。この物語が、みなさんの平和《へいわ》への思いを深《ふか》めるきっかけになれたら、うれしいです。

最後《さいご》になりましたが、この作品にご尽力《じんりょく》いただきましたみなさまに、心から感謝《かんしゃ》いたします。

二〇一七年初春　　服部千春

おもな参考資料施設

昭和館　京都市学校歴史博物館　立命館大学国際平和ミュージアム　平和祈念展示資料館
国立国会図書館　京都府議会図書館　板橋区立郷土資料館

ご協力いただいた方々（敬称略）

広島修道大学 坂根嘉弘
園芸文化協会 丹羽理恵・村山忠　日本種苗協会 福田豊治　松山誠
NPO平安京　早瀬とし子　後藤悦三　中山勝美

花《はな》禁《きん》止《し》令《れい》とは

1941（昭和《しょうわ》16）年10月、食料確保《しょくりょうかくほ》のために農地作付統制規則《のうちさくつけとうせいきそく》が公《こう》布《ふ》・実施《じっし》されました。この規則は、食料増産《ぞうさん》のために、米・麦や芋《いも》・大豆《だいず》といった食料農作物以外《のうさくぶついがい》の作物《さくもつ》を農地に植《う》えることを制限《せいげん》し、そのかわりに食料農作物をその農地で栽培《さいばい》するというものでした。果樹《かじゅ》・茶・タバコ・スイカ・マクワウリなどとともに花もその栽培を制限されていました。この法令《ほうれい》の違反者《いはんしゃ》には、国家総動員法《こっかそうどういんほう》による罰則《ばっそく》がありました。実施《じっし》の度合いは、地域《ちいき》によって差《さ》がありましたが、どの地域でも戦局の悪化とともに取《と》り締《し》まりがきびしくなっていきました。とくに、1943（昭和18）年8月に第《だい》2次《じ》食糧増産対策要綱《しょくりょうぞうさんたいさくようこう》が閣議決定《かくぎけってい》され、「不急作物《ふきゅうさくもつ》」とされた花をそだてることへの統制は、いっそうきびしくなりました。

おもな参考文献

安斎育郎文・監修『ビジュアルブック 語り伝える空襲』(新日本出版社)
岩波新書編集部編『子どもたちの8月15日』(岩波書店)
NPO平安京編『西陣の空爆 建物疎開 学童疎開』(NPO平安京)
園芸文化協会『園藝文化』第1号・第100号(園芸文化協会)
江波戸昭『戦時生活と隣組回覧板』(中央公論事業出版)
企画院研究会編『国家総動員法勅令解説』(新紀元社)
木村茂光編『日本農業史』(吉川弘文館)
京都空襲を記録する会・京都府立総合資料館編『かくされていた空襲』(汐文社)
京都府立総合資料館編『京都府百年の資料3 農林・水産編』(京都府立総合資料館)
久津間保治『語り伝える京都の戦争1 学童疎開』(かもがわ出版)
久津間保治『語り伝える京都の戦争2 京都空襲』(かもがわ出版)
暮しの手帖編『戦争中の暮しの記録』(暮しの手帖社)
「子どもたちの昭和史」編集委員会編『写真集 子どもたちの昭和史』(大月書店)
小西銀次郎『東京花一代記』(草土出版)
斎藤美奈子『戦下のレシピ 太平洋戦争下の食を知る』(岩波書店)
坂根嘉弘『日本戦時農地政策の研究』(清文堂出版)
下川耿史・家庭総合研究会編『昭和・平成家庭史年表 増補版』(河出書房新社)
戦争とくらしの事典編纂室『戦争とくらしの事典』(ポプラ社)
高橋伸一監修 小林啓治・鈴木哲也著『かくされた空襲と原爆』(つむぎ出版)
田原総一朗作 下平けーすけ絵『おじいちゃんが孫に語る戦争』(講談社)
田宮虎彦『新潮日本文学36 田宮虎彦集』(新潮社)
土地改良制度資料編纂委員会編『土地改良制度資料集成』(全国土地改良事業団体連合会)
仲宇佐達也『東京農業史』(けやき出版)
中西宏次『戦争のなかの京都』(岩波書店)
日本種苗協会編『日種協のあゆみ』(日本種苗協会)
野上暁編『わたしが子どものころ戦争があった 児童文学者が語る現代史』(理論社)
早瀬とし子『遙かな峠を越へて―学童集団疎開の日々―』(章美プリント)
古田足日・米田佐代子・西山利佳編『わたしたちのアジア・太平洋戦争』(童心社)
フローリスト編集部・農耕と園藝編集部企画・編集『園藝探偵』創刊号(誠文堂新光社)
柳宗民『せまくてもわが家は花園』(筑摩書房)
吉田守男『京都に原爆を投下せよ ウォーナー伝説の真実』(角川書店)
吉村文成『戦争の時代の子どもたち 瀬田国民学校五年智組の学級日誌より』(岩波書店)
和田町史編さん室編『和田町史 通史編』(和田町)
『昭和萬葉集巻六』(講談社)
官報 東京府公報 京都府公報 農林時報 朝日新聞 京都新聞 特高月報

作者／**服部千春**（はっとり・ちはる）
京都府綾部市出身・京都市在住。『グッバイ！グランパ』で第19回福島正実記念SF童話賞大賞受賞。主な作品に「四年一組ミラクル教室」「ここは京まち、不思議まち」「トキメキ♥図書館」シリーズ『卒業うどん』『たまたま たまちゃん―うちは食べものやさん！―』（以上講談社）『さらば、シッコザウルス』『おたんじょうび、もらったの』（共に岩崎書店）など多数。

画家／**紅木 春**（あかぎ・しゅん）
愛知県名古屋市出身・東京都在住。東京藝術大学卒業。雑誌や楽曲のPVイラストで活躍中の新進気鋭のイラストレーター。作品に『女学生探偵物語』アルバム装画などがある。本書で初めて児童書の挿絵を担当。

花あかりともして

2017年7月20日　初版発行
2020年4月30日　第2刷発行

作者　服部千春
画家　紅木 春
装丁　岡本歌織
発行者　工藤和志
発行　株式会社出版ワークス
〒651-0084　兵庫県神戸市中央区磯辺通3-1-2 大和地所三宮ビル604
TEL 078-200-4106　http://www.spn-works.com/
印刷・製本　精興社

Published by Shuppanworks Inc. Kobe Japan
ISBN 978-4-907108-08-3　C8093